GIADA ZECCHIN

La forza di rinascere

AF440182

GIADA ZECCHIN

LA FORZA DI RINASCERE

UNA STORIA DI LOTTA E CONSAPEVOLEZZA

PROLOGO

Ho sempre amato la velocità.

Dammi un film che parla di macchine e gare clandestine e ti dimostro che li ho visti tutti, da *Tre metri sopra il cielo* a ogni *Fast and Furious* che hanno portato al cinema.

La strada è vuota e io sono in ritardo. Questo giustifica, nella mia testa, il piede più pesante sull'acceleratore, i giri della macchina che salgono come l'acuto di Amy Lee in *Bring me to life*, un suggerimento decisamente vecchio che mi passa la radio.

Venerdì sera, serata anni Novanta e primi Duemila, pochi amici al casolare sperduto di altri amici, tutta gente selezionata. Musica vecchia, vibrazioni che percorrono tutto il corpo e lo scrollano tanto da provocare una rivoluzione. Una vera rivoluzione cellulare.

Mando ancora un po' più giù il piede sull'acceleratore, spalanco la bocca e la mia voce esce fuori; di certo non è bella come quella di Amy Lee, ma cerco di incarnarne la disperazione, la richiesta di qualcuno capace di riportarmi alla vita da dentro.

Centoventi. Centoquaranta. La mano scala sulla marcia. Voglio potenza, voglio la sesta.

Non c'è nessuno, che te ne frega.

La testa è leggera e pesante allo stesso tempo. La settimana è stata tosta e mi sento come un leone intrappolato da un gruppo di bracconieri: do spallate alle sbarre della mia gabbia e cerco di buttarle giù, ruggisco. La macchina sembra improvvisamente troppo piccola mentre realizzo che, in fondo, anche la vita è piuttosto breve, mi chiedo come la stia passando. Troppo poco tempo per essere in tutti i posti in cui voglio essere, troppo bisogno di sentirsi all'altezza di fare cose che forse, non so, non voglio fare. In questo momento, per esempio, vorrei essere già al casolare dei miei amici, dove non penserò che tra due giorni sarà di nuovo lunedì.

Anche la strada, stasera, sembra allungarsi sotto le ruote.

C'è bisogno di più velocità.

Tutta questa necessità di accorciare, un po' l'ho esaudita a casa. C'è gente che chiama la pizza per fare il fondo in vista di quello che berrà, la ordina poco prima della doccia per risparmiare tempo. Dal canto mio, ho scelto altro tempo da guadagnare prendendolo direttamente dal sacchetto della sobrietà, così mentre mi lavavo i capelli ho ordinato al supermercato due bottiglie di vino, una per il mio aperitivo personale e l'altra per la serata.

Ebbene, arriverò a mani vuote.

Tanto vale non essere in ritardo, mi dico.

Centocinquanta.

Fa caldo, in questa macchina, la cintura di sicurezza mi opprime.

Apro il finestrino, lascio che Amy Lee canti anche per le campagne circostanti. L'aria punge la faccia, immagino tanti piccoli spilli, il mio viso come un cuscinetto da sarta.

Che pensiero buffo!

Le strade di campagna sono piene di tornanti, passo le mani sul volante, immagino di essere Dominic Toretto e smetto di cantare, arriccio le labbra e il suono è un altro: «Woooohm, wooooha» articolo, piegando la testa.

Seguo la curva a destra, poi a sinistra.

Cazzo, dovrei farlo di mestiere. Dovrei fare le gare con un motore più potente.

Scalare le marce? E perché mai?

La strada si fa più stretta, ogni curva è sempre più intrigante. Schiacciata contro lo schienale, mi rivedo piccola mentre gioco a guidare nella macchina di papà.

È tutto così leggero, attorno a me. Gli Evanescence hanno lasciato il posto alla Nannini, *Amami ancora*.

Mi sgolo, sento il reflusso acido del vino rosso che si arrampica dallo stomaco fino alla lingua. Lo accolgo.

Vorrà cantare anche lui.

Devo sbrigarmi, comunque. Avranno già fatto il primo giro di shot, al casolare. Non che a modo mio sia rimasta indietro, ma insomma…

Quando vedo un bagliore intermittente, penso che sia in perfetto sincrono con il ritmo della musica.

Chi ci aveva pensato alla curva a gomito, all'altra macchina. Forse ha solo bisogno d'affetto.

Amami ancora, fallo dolcemente, un anno un mese un'ora, perdutamente, recita la canzone.

È un bacio di lamiera che mi toglie il fiato.

CAPITOLO I

Due mesi dopo

Nello studio, la dottoressa ha cambiato le piante.

Fino alla settimana scorsa, al posto del potos c'era un bel vaso con un tronchetto della felicità che la mattina sembrava tenere per sé tutta la luce, proprio vicino alla poltroncina occupata da me. Adesso invece il vaso è appeso al muro, il potos scende giù come una cascata verde in mezzo al bianco. So di alcuni che, rametto dopo rametto, hanno trasformato casa in una vera e propria giungla. Potos, potos ovunque.

Glielo dico: «Non vorrà mica ricreare l'Amazzonia?».

La dottoressa sorride, scuote la testa bionda, riporta dietro l'orecchio una ciocca sfuggita al suo chignon.

Certo che è ossessiva, penso io. Chi è che è in grado di raccogliere i capelli così bene, così tirati, per tutta la vita? Con lo studio perfetto e in ordine, tutta la vita. Con la seduta perfetta e le caviglie sovrapposte, non le cosce e nemmeno le gambe intrecciate come faccio io che sembro un ragno in attesa nel buco.

La perfezione di questa donna è accecante e mi sta anche un po' sui coglioni. Ma è stata un'idea mia, venire qui. L'intera permanenza alla Rinascita è frutto di un disperato tentativo di salvarmi, insieme ad altre idee brillanti più o meno come quella della terapia con la dottoressa "chiamami Jenny".

Ti tocca.

«Non sei a tuo agio?» mi chiede lei.

Esito. Non vorrei essere scortese, mia madre mi ha insegnato che quando non si ha niente di carino da dire, è meglio stare zitti. Forse ascoltarla, in passato, mi avrebbe evitato un sacco di storie. Ma io non sono mai stata brava ad ascoltare, quindi rispondo che è tutto troppo sistemato, intonso, impeccabile; che nella vita, a volte, è necessario sporcarsi le mani.

«E cosa credi voglia dire, questa frase?» mi chiede la dottoressa, cogliendo lo spunto.

«In che senso?».

«Sporcarsi le mani, cosa pensi voglia dire?» ripete Jenny, con pazienza.

Prendo un bel respiro. Lo so che ho il tono da gradassa, però mi faccio comunque più piccola nella poltrona, vorrei esserne inglobata.

Non sono mai troppo netta, nei gesti: un po' mi do e un po' mi ritiro. Lì per lì mi piace pensare che la mia voce sia una specie di suono di sottofondo nella stanza, qualcosa che è ovunque e da nessuna parte.

«Rischiarsela» rispondo. «Rischiare di essere ciò che si è, senza pensare che le persone, attorno a te, potrebbero esserne ferite. Mi spiego, doc: se non avessi avuto tanta pressione sulle spalle, forse non sarei qui. Se fossi stata libera di sbagliare, nella vita, non avrei fatto quello che ho fatto».

«E come ti senti, per quello che è successo? Sei pentita?» mi domanda, prima di aggiungere: «Non ti sto giudicando, voglio capire come stai» dice, con una delicatezza e una neutralità che mi fanno credere alle sue parole.

Esito, mi mordo il labbro.

«Be', alla fine… no. Mi ha portato qui, ha fatto in modo che facessi qualcosa per me, o meglio: qualcosa di meglio per me» rispondo. Un po' è quello che voglio dire e un po' quello che voglio sentirmi dire, la coccola personale che faccio a me stessa. «In effetti, mi dispiace per la macchina».

«E la patente» dice lei.

«E la patente, sì».

«Perché pensi te l'abbiano ritirata?» chiede la dottoressa. Inspiro, consapevole. «Perché ho rischiato di essere un pericolo per me stessa e gli altri». Non è una recita, ma neanche la parte interessante della terapia. Conosco il "perché" sono arrivata alla Rinascita: bevo. Quello che voglio capire è cos'ho costruito di difettoso, nella vita, per arrivare a questo punto.

«Si potrebbe dire che ti sia sporcata le mani, dunque» constata la dottoressa.

Ehi, ehi, ehi. Non c'è un sentore di giudizio, qui? Chi si crede di essere, la signora perfetta?

«Sì, insomma, non c'è bisogno di farmelo notare» dico io. Un riccio, mi sento, con tutte le spine belle irte.

Jenny scuote la testa. «Chiedo scusa» dice, ed è bello che le persone si scusino, dopo una gaffe. «Quello che volevo dire è che per riconoscere un problema nella sua vera forma hai avuto bisogno di metterti in condizione di non poterlo più ignorare. Ciò che vedi come un problema – la macchina, la patente – è una richiesta d'aiuto in piena regola, sai? È per questo che sei qui, è per questo che siamo tutti qui, per te. Per aiutare».

Decido che la cosa, messa così, va bene.

Okay doc, renditi utile, le concedo. «E come pensa di potermi aiutare?».

«Ascoltando».

«Ascoltando cosa, di preciso?

«Perché non parti dall'inizio?» suggerisce lei. Ha un tono bello morbido, sembra una carezza di velluto. Sorride, e io racconto.

***

Di alcuni puoi dirlo con certezza, quand'è che sono cambiati per sempre, con la testa che si è arresa o si è messa a funzionare all'inverso; il momento in cui questi individui si spezzano sembra ogni volta una grande giustificazione a tutti i loro gesti. Se devo essere sincera, un po' le invidio, le persone dalla spaccatura netta. Perché lo sanno, sono coscienti e anzi le dirò che, se si chiede loro il perché del cambiamento, riusciranno sempre a intenerire con la scusa che più una scelta è sbagliata, più si presenta agli occhi come necessità. È come quando rivaluti il cattivo di un film o una serie tv solo perché nel suo passato si è visto costretto a prendere determinate decisioni.

Tutto questo giro di boa, dottoressa, è per dirle che non so quando, per la precisione, il mio sistema sia andato in tilt.

Respiro profondamente, chiudo gli occhi e vivo la mia vita a ritroso. Diciott'anni, dieci, fino al ricordo più nitido. Avrò avuto cinque anni, forse sei.

Eravamo in un bosco non lontanissimo da casa, forse a un paio d'ore. Era piovuto tutto il giorno prima e papà pensava che cercando bene saremmo tornati a casa carichi di funghi.

Non ero sola, tenevo la mano in quella di mia sorella che, come me, porta il nome di una pietra preziosa, una gemma che sembra dominarci in tratti fisici e carattere. Ambra, dallo sguardo caldo e l'animo protettivo e battagliero e io, Giada, con gli occhi di un placido verde e l'aria schiva.

Con papà impegnato nella raccolta dei funghi, Ambra e io impiegavamo il tempo alla maniera di due bambine: correvamo, ci arrampicavamo sugli alberi e saltavamo nelle pozzanghere per vedere chi schizzava più lontano. È bella la spensieratezza dei piccoli, dottoressa, in questi giorni è qualcosa a cui penso spesso: quando sei un bambino puoi ignorare le conseguenze delle tue azioni perché niente di ciò che fai è frutto di un brutto pensiero: se ti sporchi, succede perché sei un bambino che gioca, non stai facendo dispetto a nessuno.

Insistetti io, con mia sorella, per giocare a nascondino; avevo visto, non molto tempo prima, uno di quei cartoni animati in cui il protagonista si dipingeva tutto di verde per mimetizzarsi con lo sfondo, così coprirmi interamente di terriccio per evitare che Ambra mi trovasse mi parve un'ottima idea. Alla fine, quando riuscii ad arrivarle alle spalle per coglierla di sorpresa, entrambe ridemmo tanto. Dovevo essere davvero buffa!

Mio padre, quando si accorse di come mi ero ridotta, rise meno, eppure non mi sembrò disturbato dal mio essere del tutto inzaccherata di terreno e fango. «Chissà se porto a casa mia figlia o una bimba della foresta!»

scherzò. Poi, al momento del ritorno, da bravo uomo pratico mi avvolse in un asciugamano per non sporcare l'auto, risolvendo così quello che poteva essere un problema.

Fino a ora mi viene da dire che questo è un ricordo felice, dottoressa.

Quando tornammo a casa carichi di funghi – e terriccio in posti dove non era opportuno averne – ecco, lì fu un po' più complicato mantener il buon umore.

Ricordo benissimo mia madre, i pugni stretti ai fianchi e la faccia di chi non poteva avere una giornata peggiore. «Ci fosse la bella stagione, vi laverei nel giardino come si fa con i cani! Siete un macello!» ci sgridò in un sibilo, severa. Aveva approfittato della nostra gita per pulire tutta casa, che era uno specchio. Era uno di quei giorni in cui non permetteva neanche che papà facesse il caffè. «Così poi sporchi tutto!» diceva.

Poco ci mancò di essere presa per le orecchie, e forse… forse sarebbe stato un tipo di bruciore più sano di quello che mi dava lo sguardo di fuoco della mamma.

«Certo, Giada, che potevi avere più giudizio!».

Non capivo: che male c'era? Mi ero soltanto divertita. Ci eravamo divertiti tutti.

Mi aggrappai alla mano di Ambra per restare in piedi mentre eseguivo le complicate istruzioni di nostra madre: togliere le scarpe fuori la porta, i calzini, camminare solo dove diceva lei.

«Mi dispiace, mamma» mormorai. Sentivo che erano le parole giuste da dire, anche se non ne afferravo il motivo.

«Eh, mi dispiace, mi dispiace… Dovevi pensarci prima!» esclamò mia madre in uno sbuffo seccato e qualcosa di diverso, rassegnato… no, deluso. La parola giusta è questa, lei era delusa.

Di quella bella mattinata – perché è stata bella, lo ricordo – c'è qualcosa che mi fa pensar: dovevo essere più responsabile?

Non sto dicendo che ogni bambino che viene sgridato poi diventa alcolista, non è verosimile. Ma se ripenso a quel momento, adesso, potrei dire che è stato l'inizio di una serie di cose. Quella mattina, infatti, ripromisi a me stessa che avrei cancellato per sempre la delusione dal viso di mia mamma.

CAPITOLO II

Scelte

«Cos'hai provato, quando sei stata rimproverata?» chiede la dottoressa dopo aver ascoltato il mio racconto. Ha preso appunti, ogni tanto l'ho vista che scribacchiava cose, sottolineandone alcune e barrandone altre.

Cerco di concentrarmi sulla domanda, anche se avverto dentro di me una sorta di resistenza: ma come, ha una laurea appesa al muro e deve far fare tutto a me?

«Vergogna, penso».

«Pensi?».

«Decisamente vergogna» ripeto, più sicura.

«E perché?».

Mi stringo nelle spalle, affondo di più nella poltrona. «Insomma, a nessuno piace essere guardata a quel modo. Come se avessi fatto tutto sbagliato, non so se mi spiego. Vorrei essere come certe persone che se ne fregano, ma ho sempre avuto a cuore l'idea che i miei genitori hanno di me. Anche adesso».

«Certo, capisco». La dottoressa annuisce, ma senza condiscendenza. Sembra capire, farlo davvero. «Cosa credi che pensino di te i tuoi, adesso?».

La risposta mi esce dalle labbra in maniera fin troppo facile: «Credo vogliano trovare il buco più profondo della terra per entrarci e non uscire mai più».

«Hai la sensazione di averli delusi?».

«Decisamente».

«E come ti fa sentire, la cosa?».

«Mi fa male».

La dottoressa scarabocchia qualcos'altro, non si fa scappare nessun tipo di espressione particolare. «In che modo pensi di poter rimediare a questa situazione che ti fa male?» chiede ancora, senza guardarmi.

«Rigare dritto» le dico, senza esitazione.

«In un certo modo» acconsente, lei, con la bocca piegata in una smorfia appena più esitante. «Ma non è questo il senso della terapia».

«E qual è?» le domando.

Ma come, non sono qui per aggiustare le cose?

La dottoressa sorride, si sporge appena più verso di me. «Vedi, Giada, la terapia non è una bacchetta magica.

Non sei qui per porre un rimedio a qualcosa ma per mettere ordine in te stessa, individuare cosa fa scattare i meccanismi che hai riconosciuto come autodistruttivi e cercare di agire in modo diverso al ripresentarsi di determinate situazioni».

«E non è la stessa cosa?» faccio io, perplessa.

«No, non è la stessa cosa» scuote la testa lei, convinta.

«Il mio lavoro funziona nel momento in cui capisci che stai facendo qualcosa per te sola, che nella vita presto o tardi ci saranno persone che potrai deludere per le scelte che prendi, e che con quelle scelte ci dovranno convivere. È giusto che tu prenda decisioni per te stessa e non in funzione di altro».

«Oh be', ma io ho sempre preso le decisioni per me stessa».

«Certo, in funzione dell'idea che hai voluto dare di te stessa, fino a ora».

«No no, per me proprio. Come quando ho deciso quali scuole frequentare».

«Quanti anni avevi?».

«Quattordici».

«Bene, ti va di parlarmene?».

***

La scelta delle superiori è il primo grande momento spartiacque della vita.

In franchezza, dottoressa, ho sempre pensato che quattordici anni fossero ben pochi, per prendere una direzione. Ti vedi grassa, il tuo più grande problema è la cura dell'acne o quel ragazzo bello che proprio non ti fila. Sei ancora in quell'età in cui non sai se alla televisione vuoi guardare *Rossana* o *Il silenzio degli innocenti* – no, forse quello non l'avrei visto comunque – e insomma, un bel giorno, mentre ancora litighi con la mamma perché non vuole che tu metta il rossetto, la scuola ti chiede di pensare a che tipo di adulto funzionale vorrai essere.

Piuttosto incasinato, no?

Ecco, a quattordici anni io a momenti invidiavo le undicenni e le loro Bratz, mi faceva gola il loro poter fare ancora le piccole, visto che quel segmento di adolescenza sembrava essere già troppo pretenzioso nei miei confronti.

Avrei potuto confrontarmi con qualche amico ma di amici non ne avevo molti, a quell'età, e in più quei pochi sembravano già convintissimi di quello che avrebbero fatto; aumentavano solo quella che poi avrei capito chiamarsi frustrazione.

«Io vado a fare il classico perché non mi piace la matematica!».

«Invece io vado allo scientifico, così addio italiano!».

La solfa, più o meno, era quella.

E poi c'ero io.

Non andavo male a scuola, sia ben chiaro. Me la cavavo in maniera dignitosa un in tutte le materie a parte il francese, che proprio mi aveva giurato eterna inimicizia ma le giuro, ce la mettevo tutta.

Più delle altre, però, mi piacevano le lezioni di educazione tecnica e disegno artistico. La mia mano non tremava mai sul foglio e anche senza studiare la teoria avevo una buona consapevolezza di forma e profondità delle cose, ombreggiature, chiaroscuri.

Mi piacevano i colori, per il mio compleanno in seconda media i miei mi regalarono un cavalletto con quelle tele dal disegno cifrato, quelle dove a ogni colore corrisponde un numero. Le sembrerà barare, forse, ma in realtà alcuni spazi sono così piccoli che, se la mia mano fosse stata meno ferma, avrei fatto uno schizzo molto simile alle macchie di sugo datterino sulla mia copia de *I girasoli* di Van Gogh.

Non solo disegnare, mi piaceva, ma anche imparare qualcosa sulle vite degli artisti. Insomma, chi non troverebbe interessante il modo in cui l'arte esprime i concetti di una vita intera solo con tratto e colore, a differenza di tutti i libri di storia che ci davano da studiare?

Vuole un esempio di pazienza, dottoressa? Monet ha dipinto non ricordo più quante volte la cattedrale di Rouen. Chi più paziente di lui?

Avevo bisogno di qualcuno in grado di comprendere il mio stato di solitudine nell'essere l'unica indecisa sulle scelte importanti da prendere? Ecco *Il viandante sul mare di nebbia* di Friedrich, un uomo che rimane fermo sulla cima di una montagna, da solo in balìa degli elementi, con nessuna certezza del futuro. L'arte, in quel periodo, sembra fornire una risposta a ogni mia domanda e, se non altro, anche se non poteva risolvermi i problemi – a quattordici anni, neanche l'apparizione di Beyonce te li risolve – era capace di suscitare in me un interesse sincero.

Fu così che, con i moduli d'iscrizione alla mano, decisi di andare dai miei genitori, una sera dopo cena, bella tronfia e convinta di aver trovato finalmente la mia strada.

«Ho capito dove studierò a settembre» annunciai, quindi. Mento alto, spalle dritte, faccia responsabile.

I miei s'illuminarono d'immenso, giusto per rendere colto il momento.

«E allora? Dicci, non tenerci sulle spine!» mi esortò papà.

Eravamo al momento decisivo: guardandoli entrambi, gonfiai il petto e dichiarai con tutta la convinzione che avevo: «Liceo artistico!».

E se papà mantenne il sorriso di plastica ancora per qualche secondo, questo sfiorì del tutto dal viso di mia madre, come se le avessi appena rubato la borsetta in mezzo alla piazza principale di Verona. «Sei sicura?» mi domandò, guardando il foglio di iscrizione come se fosse appena diventato una bomba tra le mie mani.

Posala piano, Giada, non fare gesti improvvisi.

«Voglio dire, cosa pensi di voler fare, da grande?» chiese ancora mia madre.

Chinati lentamente e nessuno si farà male.

«…in che senso?» domandai io.

Potevo vederla boccheggiare. Ma come, e tutte le volte che mi aveva detto della storia dello spartiacque, il primo passo verso il mio futuro e tutto il resto? Dormivo?

«Be', Giada. La scuola superiore ti apre le porte dell'università, se vuoi farla. O altrimenti, ti dà qualcosa con cui iniziare a lavorare subito» spiegò la mamma.

«Ma io non so cosa voglio fare… dopo» mi difesi. Che poi, ero mica sotto attacco?

Insomma, se ti sto dicendo che mi piace l'arte, fammi studiare l'arte, no?

«Appunto, tesoro» rincarò papà con una voce così dolce che quasi non pareva la sua. «Se sei indecisa sul futuro e ancora non ti vedi bene in nessun modo…».

«Perché, non posso fare l'artista?».

«Sì, l'artista! Giada, ma con l'arte mica ci guadagni!» era l'opinione di papà, da sempre più pratico in materia di soldi.

«L'arte è una passione, una di quelle che uno su mille ce la fa! E se poi a metà percorso vedi che non ti piace?» insisté la mamma. «Siamo realistici: rischi di buttare cinque anni per qualcosa che poi non ti darà niente».

«È uno di quei percorsi che poi non servono, se vicino non ci metti l'università. Per insegnare a scuola, per esempio, serve la laurea. Tu la vuoi fare, l'università?» chiese ancora papà.

Ero confusa. Tra le mani avevo ancora il foglio-bomba, lo strinsi fino a non sentire più articolazioni. Pesava come una matassa fatta di tutte le rinunce esistenti messe insieme.

Ora che l'hai posato, allontanati lentamente.

«Non so se voglio passare la vita a studiare, ecco» capitolai. I miei videro una breccia nel mio muro dell'arte e ci si fiondano per allargarla: «A maggior ragione» sottolineò la mamma. «L'indirizzo della scuola superiore è bene che sia qualcosa di pratico, che puoi sfruttare anche nel caso tu capisca, dopo, che non hai voglia di proseguire con gli studi. Ragioneria, per esempio!».

«Bleah» il mio sobrio commento.

«Che ne dici dell'alberghiero?» mi propose papà.

«E cos'è?» abboccai.

Maledetta, hai messo un piede in fallo.

La mamma iniziò a rilassarsi: l'allarme rosso era passato, sua figlia stava rinsavendo.

«La scuola alberghiera ti insegna come lavorare nelle strutture turistiche e di ristorazione. E poi ci sono corsi pratici di cucina, pasticceria…».

«…che poi decorare i dolci è un po' come dipingere. Devi fare le cose bene, precisa, con metodo e mano ferma».

Ero un po' confusa. «E se poi voglio farla, l'università?» Domandai – anche un po' lecitamente, vista a posteriori.

«Se vuoi fare l'università, Giada, papà e io ti supportiamo. E comunque non è che all'alberghiero ti rendono un'analfabeta che non sa scrivere, eh!» specificò la mamma in maniera doverosa. «All'istruzione aggiungono anche delle materie pratiche che poi puoi portarti dietro, nella vita. Magari diventi la prossima chef stellata del Veneto, che ne sai!».

I sogni vanno sempre incoraggiati.

Ora le confesso, dottoressa, che un giorno i miei mi ci portarono, a mangiare al ristorante stellato. Quegli odori così buoni, quei sapori particolari… era, effettivamente, come guardare piccole opere d'arte in un piatto. Mi dissi, dunque, che in fondo l'arte e la cucina non potevano essere poi così diverse, come cose, e che nonostante tutto avrei potuto sempre continuare a dipingere per i fatti miei.

Esposi il pensiero a papà e mamma.

«Certo, se uno ha una passione mica deve abbandonarla perché studia altro!».

«Sai quanti corsi professionali di disegno esistono, se proprio ti piace».

Insomma, il bivio della mia vita io lo sento che è tutto lì, nel salotto di casa mia, quella sera dopo cena. Lo so che se avessi insistito per andare all'istituto d'arte, i miei il foglio l'avrebbero firmato; avrebbero fatto qualche storia, sì, ma alla fine si sarebbero arresi. Bastava non mollare la presa.

Ma perché far scoppiare la bomba?

Chi ero io per rischiare che i miei morissero d'ansia prematura davanti a un modulo d'iscrizione alle superiori?

«Giada, vedi che parliamo solo perché vogliamo il tuo bene» ribadì mia madre. «Ora sei grande, hai quattordici anni. Sei padrona delle tue scelte».

Ecco, questa frase a me è sempre sembrata un po' come il battesimo del fuoco: sei grande, d'ora in poi sono scelte tue che ti piangerai tu, da sola, per il resto della tua vita.

Dunque la presi, la mia scelta, eccome.

Sarei diventata la figlia illegittima di Carlo Cracco in persona, la chef più desiderata d'Italia. Il mio lavoro mi avrebbe portata all'estero, avrei visitato cucine esotiche e sapori così particolari che per descriverli ci sarebbe voluto un vocabolario intero.

E sarebbe stato tutto merito mio, perché quel giorno — il giorno del bivio — rivendicai per me la prima delle mie decisioni da adulta.

***

«E insomma, anche oggi rivendichi la tua decisione» ripete la dottoressa.

«Certamente» confermo io.

Noto che tentenna un po' con la gamba destra, accavallata sulla sinistra. Non pare convinta di quello che ho detto, glielo faccio notare.

«Non sei diventata proprio una chef» mi dice.

«Be' no, più che alla cucina mi sono appassionata al percorso da bartender. C'è stato un periodo in cui mi sarebbe piaciuto gestire un locale tutto mio. Poi ho fatto tutt'altro» racconto.

«È una cosa buona, appassionarsi a ciò che si studia, Giada» continua la dottoressa, ricercando il mio sguardo. «Mi ripeti però perché non hai scelto il liceo artistico?».

«Troppe incognite».

«Non pensi invece di essere stata condizionata?».

Ci rifletto. Prendo due secondi che poi diventano tre, poi cinque.

«Forse un po'» ammetto.

«E cosa credi ti abbia condizionata?» chiede ancora la donna.

Altri due secondi. Tre. Cinque.

«Non volevo vedere la delusione negli occhi dei miei genitori» ammetto alla fine.

«Perché credi che li avresti delusi, scegliendo ciò che in quel momento desideravi davvero?».

«Dottoressa, guardi che i miei non c'entrano niente, con il mio problema». Non so dove voglia andare a parare e sento il bisogno di difendere mamma e papà. In fondo, per me hanno sempre voluto solo il meglio, no?

La dottoressa scuote la testa, mette le mani avanti. «Non c'entrano ma c'entrano» spiega. «Non è una dichiarazione di guerra ai tuoi, essere genitore è un mestiere difficile e si sbaglia, anche se non con cattiveria. Qui non sono in esame loro, ma il tuo bisogno di approvazione. Ancora più difficile che essere una madre o un padre è vivere cercando di continuo la soddisfazione del bisogno altrui. È facile cercare, in questo contesto, una via di fuga. Una scappatoia, un atto di protesta che sia tuo e solo tuo… per riprendere quello che mi hai detto prima: sporcarti le mani».

«Mi sta giustificando, Jenny?».

Ancora, scuote il capo. «Non sono qui per dare colpe, assoluzioni o concedere attenuanti. Stiamo ritracciando un percorso, uno schema che ti porti dietro fin da piccola e di cui sei cosciente in parte, anche se non capisci quanto a fondo è radicato. È quello, lo schema che dobbiamo rompere se vuoi evitare di ricadere nelle abitudini di cui hai intenzione di disfarti».

«Capisco».

Voglio farlo, voglio farlo davvero.

Voglio essere lontana da tutto ciò che mi ha condotto in questa stanza, con questa terapista.

«Dunque» riprende lei, senza pietà. «Il nostro tempo, per oggi, è finito. Però avrei un compito per te».

Rimango stupita.

«Che compito?».

«Voglio che torni in camera, e che provi a guardarti dentro» mi dice. «Riprendi il viaggio da dove abbiamo interrotto: c'è sempre un momento di rottura, è qualcosa che a volte siamo restii ad ammettere anche con noi stessi. Sai cosa ci aiuta? Metterlo su carta» suggerisce, ha un fare delicato mentre mi guarda negli occhi, il suo sorriso sembra davvero amichevole.

«Non posso raccontaglielo e basta?» le chiedo.

La dottoressa scuote la testa. «No, devi farlo diventare altro da te. E quando sarai pronta a riconoscerlo, me lo leggerai».

È una sfida, doc?

Mi tende la mano. Sono titubante, ma accetto.

CAPITOLO III

A cosa servono gli amici?

L'unica cosa che ho mai messo su carta è la lista della spesa.

Questo gioco della dottoressa non mi piace. Non voglio entrare a contatto con la mia storia o le mie emozioni, desidero solo smettere. Smettere di bere, smettere con tutto ciò che mi fa male. Vorrei essere una persona centrata, di quelle quadrate che sanno perfettamente cosa vogliono dalla vita e come ottenerlo.

Così, mentre guardo il foglio bianco, mi sento sotto pressione.

Ho sete.

È una sete che mi dice di non preoccuparmi, che per ammettere certe cose bisogna in fondo essere un po' alticcia. Tutto sembra sempre più facile, quando il vino ti culla al ritmo di un sorso per volta.

La verità è che nell'alcol ho sempre trovato leggerezza.

Leggerezza.

Questa parola posso vederla quasi davanti a me, solida e tangibile.

Sì, devo partire da lì, mi dico. Devo farlo per sporcarmi le mani in modo diverso.

***

"Quando arrivi alle superiori, le persone attorno a te iniziano a dire frasi come 'ormai sei grande' e 'ora non hai più scuse'. Quelli sono gli anni in cui si intraprendono i primi passi in territorio inesplorato, movimenti impacciati di chi vuole tenere un piede nel mondo degli adulti e l'altro ancora al sicuro in quello dell'adolescenza, lì dove hai appena avuto la certezza di capirci qualcosa, della vita.

Ho un ricordo netto delle scuole e quel ricordo porta con sé i tratti della tensione: ogni decisione mi sembrava in qualche modo finale, determinante. Non me n'è mai fregato niente della politica, per esempio, eppure anche quella sembrava essere un dato fondamentale per la costruzione del mio nuovo io adulto.

Sa una cosa, dottoressa? È stancante.

È stancante doversi sentire sempre all'altezza di qualcosa, e in quegli anni lì io cercavo continuamente di essere pronta a tutto: lezioni, assemblee, bei voti, bell'aspetto, belle parole per farmi dire quanto fossi simpatica e sveglia.

Se dovessi darle un'immagine della Giada adolescente, le descriverei quella di un cavaliere in viaggio per le Crociate, la scuola era la mia Gerusalemme. Vestivo un'armatura di sorrisi, intelligenza e affabilità e mi proibivo di toglierla fino a fine giornata, quando tornavo a casa, nella quiete di un salotto vuoto.

Mi dicevo che se avessi finto di non essere timida o una persona che sta troppo sulle sue, se avessi ostentato la mia armatura in modo abbastanza convincente, forse sarei riuscita a farne parte di me sul serio, non un indumento fittizio da indossare e dismettere. Sarebbe diventata come una gamba o un braccio di Giada, qualcosa da tenere sempre con me.

A scuola, la mia corazza fruttava: i professori mi guardavano con l'indulgenza che si riserva a un'alunna senza infamia e senza lode. Ero nella norma, così come i miei voti. Nonostante non fossi da dieci più, però, non ero mai impreparata; non rispondevo mai male agli insegnanti, mostravo sempre un grande impegno perché – mia madre lo diceva spesso – al di là del risultato era quello, che avrebbe determinato la mia promozione a fine anno. E così cercavo di dare, di me, un'immagine sempre concentratissima.

A furia di grandi sorrisi e modi gentili ci guadagnai anche un'amica, Jessica. Legammo per una serie di somiglianze che solo chi viene a scuola ben armato può capire. Insieme ci perfezionavamo a vicenda: decoravamo le nostre difese grazie ai tutorial su YouTube e le abbellivamo con abbinamenti ben studiati di gonne, camicette e primi tacchi vertiginosi. Avevo trovato qualcuno con cui condividere quell'amore per il risultato che mi faceva sentire inesorabilmente adulta e così capitava spesso che passassimo ore a curare il nostro apparire. Era come una sorta di Grande Fratello al contrario: lì, nella casa più vigilata d'Italia, tutti vengono guardati e pagati per spogliarsi delle apparenze e mostrarsi quanto più naturali possibile. Negli anni della mia adolescenza, invece, io cercavo di rimanere sempre tutta d'un pezzo perché non avrei mai sopportato di farmi cogliere in fallo da un occhio qualsiasi.

Era uno stato di tensione perenne, mi chiedevo: come fanno, gli adulti, a gestirlo? Avrei voluto la metodicità di mia madre e il talento innato di mia sorella che, da sola, sembrava aver scritto un manuale su come stare al mondo e no, non me ne aveva dato neanche una copia. Ero una sorta di esemplare unico nel mio genere, con tutt'altro tipo di regole. 'Con Jessica' potrebbe dirmi lei, dottoressa, ma anche quello era molto relativo: a entrambe andava bene, secondo un patto silenzioso, cercare di muoversi nel rispetto dell'armatura altrui senza provare a scalfirla.

Sa cosa succede, Jenny, quando si ha la sensazione che ogni proprio gesto sia in grado di definirti? Che invece di fare progetti di vita, la vita stessa diventa un progetto, senza quella soddisfazione finale che è la realizzazione; ero come un cantiere aperto, con la scritta 'lavori in corso' esposta sulla fronte. Mi sentivo a lavoro ventiquattro ore al giorno, sette giorni su sette, sfruttata dal capo più intransigente di tutti: me stessa.

Nel corso del tempo imparai, però, che anche in un'esistenza sempre all'opera su un programma di perfezione ben serrato c'era bisogno di un momento di pausa, e questo non poteva essere soltanto il momento del riposo tra lenzuola pulite, la sera. Decisi dunque che, per non impazzire, avrei dovuto premiarmi, in un modo o nell'altro: il bel voto, il bel vestito, una serata passata a raccogliere complimenti su come fossi sempre sul pezzo, simpatica e solare, valevano una ricompensa, seppur piccola.

Lo sa che uno dei primi piaceri della vita passa per le papille gustative? Certo che lo sa, di sicuro l'avrà studiato in qualche libro dall'aria importante, di quelli con tantissime pagine. Saprà anche che la cioccolata è una piccola fonte di felicità perché stimola la produzione di serotonina ed endorfine. Ecco, è iniziata così, banalmente: con la cioccolata. Piccoli momenti quotidiani in cui le mie scelte non sembravano più così determinanti e definitive, ma soltanto… scelte. Quando giuste, un cioccolatino. Quando sbagliate, tre, per tirarmi su il morale. Dal cioccolatino poi è facile passare alla tavoletta, alla merendina, al dolce vero e proprio.

Frequentando l'istituto alberghiero avrei dovuto sapere quali sarebbero stati gli effetti dell'eccesso di calorie sul mio corpo; in fondo, prima di cucinare è necessario apprendere i rudimenti di una nutrizione sana.

Fu Jessica a illuminarmi: in uno studio approfondito delle armature con cui entrambe ci mostravamo al mondo, un bel giorno mi fece notare che a breve la mia non sarebbe più stata in grado di contenermi.

«Mangi troppo, Giada» mi disse. «Inizia a vedersi».

Quelle parole furono come coltellate. Tanta fatica per nascondere i difetti e alla fine stavo per esporli tutti in un colpo solo.

Un errore di valutazione imperdonabile, grazie a cui iniziai a notare meglio il mio corpo: la pancia pronunciata, le cosce più vicine. Ero stata io, a farmi quello?

Jessica mi catapultò nel mondo delle barrette proteiche e delle foglie d'insalata. Una dieta drastica era tutto ciò che mi ci voleva per poter tornare di nuovo a calzare perfettamente la mia armatura di ragazza sempre a posto. C'era stato un errore, sì, ma l'avevo preso in tempo. Certo, evitare di farlo sarebbe stato preferibile ma non è forse un tratto adulto saper porre rimedio ai propri sbagli? Decisi che dall'esperienza della grassezza – così la chiamavo – avrei potuto comunque cavarci qualcosa di buono: se puoi rimediare, allora hai il controllo della situazione.

Tuttavia, il cibo mi mancava. Sentivo addosso, di nuovo, tutto il peso di una perfezione che intendevo raggiungere. La soglia d'attenzione su me stessa e il mio dover essere carina, spigliata e tutte quelle cose che rendono una persona adorabile erano notevolmente aumentati. Togliendo il cibo avevo rinunciato a quei momenti di pausa rubati ai miei lavori in corso. La pressione sulle spalle, ora sempre più sottili, stava ingrassando al posto mio.

«Dovresti innamorarti. L'amore rende tutto più bello!» mi prese in giro la mia amica, quando provai a dirle quanto fossi stanca, ma stanca davvero.

L'amore.

Avevo il tempo, per l'amore?

Da brava ragazzina, ovvio che lo sognavo. Avevo anche un successo discreto con il pubblico maschile che, pancetta o meno, non aveva mai smesso di fare apprezzamenti. Quando sei adolescente, però, vivi l'innamoramento come una sorta di ulteriore banco di prova. Vedevo le mie compagne fidanzarsi e fare le loro esperienze, le risate di cuore e di pancia, i litigi vissuti con un dramma che dal canto mio non sapevo se avrei potuto reggere. La parola 'relazione' faceva rima con 'prestazione' e no, non avevo la testa per quello. Avevo bisogno di sentirmi leggera.

Ecco, la leggerezza era quanto mi mancava, un intervallo dal controllo che tendevo a esercitare in modo costante su me stessa.

Non sapevo che la soluzione ai miei problemi, io, l'avevo avuta sempre sotto il naso, dal colore rosso-violetto e la consistenza che sulla lingua si faceva pastosa.

Come dico sempre: non sono stata io a cercare il vino, lui si è manifestato a me nel momento del bisogno. È come in quelle storie d'amore tra migliori amici in cui i due protagonisti si conoscono fin dall'infanzia e poi, a un certo punto, si guardano con occhi diversi e scoprono di piacersi. Ecco, fu così che iniziai a vedere il vino: scivolava nel bicchiere carico di promesse e si prendeva cura di me quando mi percepivo pesante. Rendeva l'armatura più facile da calzare.

Non lo feci apposta, beninteso: un bicchiere di vino a tavola, a casa mia, è sempre stata la norma fin da quando avevo quattordici anni; di solito, però, il cibo che avevo mangiato durante il pasto ne attutiva molto il potere ammaliatore. Quando iniziai a seguire la dieta di Jenny – pensieri positivi conditi con belle speranze – l'effetto del vino arrivava al mio stomaco come una carezza che bruciava in modo vago e che poi diventava vero calore estendendosi dal petto alle guance, mi faceva sentire come in un caldo abbraccio. Al secondo bicchiere, la testa iniziava a diventare leggera.

Che bella sensazione!

Che momento magico!

Non che non mi fossi mai ubriacata prima, sia chiaro. Le prime sbronze in età giovanile non sono mai piacevoli da ricordare: si mischiano alcolici di gradazioni diverse, vuoi tentare di impressionare tutti con una resistenza che, alla fine, non c'è. Vomiti, fai un sacco di figuracce. Il giorno dopo ti senti eroica per il solo fatto di riuscire a stare dritta al pranzo di famiglia.

Con il vino, però, la musica era del tutto diversa: non era l'alcolico del sabato sera bevuto per onore, no, era un momento che condividevo con i miei genitori e con mia sorella. Forse in famiglia non davamo al vino uguale valore simbolico, ma nessuno dice che per condividere qualcosa bisogna avere lo stesso scopo e dunque era bello non sentire il bisogno di nascondersi. A casa mia il vino non è mai mancato, vigne floride e cantine piene, e così andavo a dormire con i muscoli distesi e il sorriso sulle labbra, perché rigorosamente si beveva a cena come un piccolo rituale, segreto eppure sotto gli occhi di tutti.

Nel procedimento di conoscenza che stavo effettuando verso me stessa, scoprii una nuova cosa sulla Giada adolescente: non le piacevano molto i superalcolici. Iniziai quindi a ordinare il vino anche fuori. Un bicchiere, due, tre: non c'era l'occhio severo di mia madre a monitorarmi, o l'educata prudenza di mio padre. Potevo essere leggera, ma leggera davvero, e potevo mantenere anche la mia armatura, da ragazza coscienziosa quale ero.

Bevevo con il gusto degli adulti e senza accorgermene caricavo il bicchiere con l'aspettativa di come avrei voluto sentirmi. Già, proprio come a volte faceva con gli adulti, il vino divenne il mio sostegno, amico e confidente e, come il migliore dei vestiti, anche adatto a qualunque occasione."

***

Leggo tutto questo davanti alla dottoressa, quando è di nuovo il giorno della mia seduta. Lei è sembrata soddisfatta del mio racconto dettagliato e io ne sono… contenta, anche se dentro di me inizia a muoversi qualcosa di più esigente.

Forse dovresti pensare a essere tu per prima soddisfatta del tuo lavoro, mi dico.

«Jessica è ancora tua amica?» domanda la psicologa.

«No» rispondo, asciutta. La domanda successiva la sento con la testa ancor prima che con le orecchie.

«Come mai?».

Tentenno un po', non ho voglia di rispondere. La verità è che mi sento in colpa, con il senno di poi.

Non fossi alla Rinascita, ci berrei su.

«Diciamo che aveva preso una brutta china» inizio.

«L'anno della maturità si era fissata con il percorso di nutrizione. Faceva tutte le cose che sapevo essere sbagliate: contava le calorie, si misurava la circonferenza del braccio con le dita... era spaventosa. Mi metteva a disagio».

«Hai sentito il bisogno di allontanarti da lei?».

«Sì».

«Perché?».

«Be', di sicuro perché riconoscevo che aveva una certa influenza su di me. Mi guardavo molto di più allo specchio, notavo tutto quello che mangiavo e insomma, a diciassette anni vivevo già sotto eccessiva pressione: c'erano gli esami, ci si aspettava tanto da me... poi, a differenza di Jessica, io non avevo quel problema e non volevo che mi riguardasse».

«Spiegati meglio».

«Jessica vomitava, lo faceva perché si sentiva brutta. Io non mi sentivo brutta, stavo a dieta non per essere una modella ma per non cambiare. Era come uno schema, e a me il mio piaceva. Capisce, adesso?».

«Non mi sembra un problema così diverso dal tuo» obiettò la dottoressa.

Ma come? Chi è la laureata, qui?

Raccolgo tutta la pazienza che ho, spiego: «La differenza sostanziale è che mentre io bevevo per allentare lo stress, lei vomitava per raggiungere un canone estetico. Alla lunga, io sono riuscita a tenermi fuori da certe dinamiche, Jessica no».

Lo sguardo di Jenny si fa più lungo e profondo, ma non insiste.

CAPITOLO IV

Nelle scarpe altrui

Il programma qui alla Rinascita è davvero ricco di esperienze interessanti e laboratori volti a indirizzare i nostri istinti autolesionisti in qualcosa che invece possa risultare costruttivo. Così capita che abbia riscoperto un po' di quella passione artistica che avevo alle scuole medie e che mi era mancata, o che mi faccia amici nuovi e forse anche più comprensivi, perché vale sempre quel detto che recita "mal comune mezzo gaudio".

Talvolta queste amicizie nascono tra una lezione di giardinaggio e una di disegno, una partita a carte in sala comune o anche la condivisione di una stanza; altre volte, invece, ci si ritrova tutti insieme in una di quelle scene da film: stanza vuota, una decina di sedie disposte in cerchio e altrettante persone che tengono lo sguardo basso, un po' come quando a scuola la professoressa deve interrogarti e non hai studiato.

L'idea della terapia di gruppo non è stata mia. Dopo la schiettezza della mia lettera e il criptico silenzio sul problema della mia – ex – amica, Jenny ha deciso di affiancare alle mie sedute individuali anche quelle in gruppo. Le motivazioni alla base di questa scelta sono state semplici: ho bisogno di trovare la mia voce in mezzo alle tante e imparare ad ascoltare senza giudicare, cercando di portare con me non soltanto pezzetti delle mie esperienze ma anche di quelle altrui, e farne tesoro.

«In che senso, senza giudicare?» ho chiesto io.

«Vedi, Giada» ha iniziato la psicologa «sono rimasta molto colpita dal modo in cui ti sei distaccata dalla figura della tua amica. Sei molto severa, sia con te stessa che con gli altri. È come una corda che tiri, tiri, finché non si spezza. Nel caso delle persone attorno a te, queste vengono messe da parte; nel tuo, invece, metti da parte te stessa, ti spegni. Bere, talvolta, sembra servirti proprio a questo. Pertanto, vorrei che nel gruppo cercassi di lavorare sull'accoglienza. Accogli le voci delle persone attorno a te, persone che non puoi allontanare, e attraverso questo cerca il modo di accogliere anche te stessa».

«Sta dicendo che sono intransigente?».

Jenny ha sorriso.

«Poi mi dirai» sono state le sue parole criptiche.

***

«Ciao, mi chiamo Giada e sono un'alcolista».

Così mi presento al gruppo di terapia collettiva. Oggi, sui dieci posti disponibili, siamo solo sei, seduti in modo alternato: una sedia sì, una sedia no, uno in avanzo che si ritrova troppo vicino a un altro di noi. Ovvio, prima ci sono stati i convenevoli, poi ognuno ha raccontato un po' di sé.

C'è Maria, che ha problemi di binge-eating. C'è Paolo, con il mio stesso male; Claudia è anoressica e per non mangiare tira coca. Un po' la mia testa spazia, chiedendosi che fine abbia fatto Jessica; Davide è pallido e che sia in astinenza da eroina si vede lontano un miglio; Riccardo, invece, è composto, posato, tra tutti sembra quello più a suo agio, nello stare lì a parlare delle cose sue. Racconta della sua esperienza con la cocaina e di come lì alla Rinascita si senta una persona migliore. Un discorso meritevole di un applauso che però non facciamo, anche perché Jenny è sempre molto seria, prende appunti su tutto.

Poiché sono l'elemento nuovo, la dottoressa mi fa parlare per ultima. Vuole che mi senta a mio agio.

Io, però, sono combattuta: da un lato, in modo razionale, riconosco che sono qui per un desiderio non dissimile da quello degli altri. Dall'altro, però, non posso fare a meno di pensare che la loro storia non può essere la mia, anche solo per com'è cominciata.

«Sono venuta qui di mia spontanea volontà» dico, subito dopo la brevissima introduzione.

«Caspita, che coraggio!» esclama Riccardo. Sorride, mi viene spontaneo ricambiare.

«Be', più che coraggio credo sia la voglia di rimanere viva» mormoro, ed è qui che mi accorgo di quello che ha provato a dirmi la psicologa: giudizio.

Cala brevemente il silenzio, ma Jenny da brava moderatrice si occupa di ristabilire l'equilibrio all'interno del cerchio: «Puoi dirci cosa ti ha spinta a venire qui, Giada?».

Tossico un paio di volte. Mi vergogno.

Non so quanto sia stata una mossa intelligente, accettare la terapia di gruppo. Nonostante mi siano sembrati tutti molto aperti e gentili, mettermi così a nudo mi provoca imbarazzo.

Questo è perché giudichi. Giudichi te e giudichi loro.

Faccio un respiro profondo. Sento la tensione accumularsi nelle spalle e risalire lungo la gola.

Voglio bere.

È vero, lo voglio, ma ho bisogno di resistere.

Ho dato all'alcol il compito di accettarmi senza giudicare perché io non mi sono mai sentita libera di farlo. Forse è bene che inizi ad avere un po' di fiducia in me stessa e nel prossimo.

«Coraggio, Giada. Sei in uno spazio protetto» mi invita Jenny.

E così, mi racconto.

***

Finite le scuole superiori decisi che l'università non faceva per me. Non perché non fossi abbastanza intelligente, il mio esame finale all'istituto alberghiero testimoniava proprio il contrario, ma perché quando sei adolescente vuoi che la tua vita da adulta inizi al più presto.

Avevo vissuto la maturità come l'uscita da un limbo e assaporavo una libertà tutta nuova: prima di tutto, era come se meritassi qualsiasi cosa. I miei genitori mi trattavano con condiscendenza, come si faceva con gli eroi di guerra. Avevo tre mesi per riposare e raccogliere le idee sul mio futuro e per la prima volta, tutto sembrava possibile.

Passai l'estate facendo qualche lavoretto saltuario per permettermi di pagare una piccola vacanza tardiva, ero bartender in un'enoteca, una vera svolta: il vino era convivialità tra colleghi e lavoro, un collante, e grazie a lui potevo togliermi qualche sfizio in più con dei soldi che avevo effettivamente guadagnato.

Scoprii che guadagnare mi piaceva, ma non alla maniera spendacciona dei ragazzini: chiedere meno ai miei genitori giorno dopo giorno era una sensazione elettrizzante. *Così devono sentirsi gli adulti*, immaginai, figurando già la mia futura vita perfetta: la casa, una piccola cantina, magari un cane. E io, sola, regina del mio mondo.

Niente più armature.

Quello che non avevo ancora sperimentato, della vita da adulti, era la frustrazione.

Settembre arrivò in un battito di ciglia, e così finì anche la mia esperienza all'enoteca.

Era tempo di cercare un lavoro vero.

Mia sorella, perfetta in tutto, mi aiutò a mettere a punto un *curriculum vitae* in formato europeo che mi rendesse appetibile agli occhi delle aziende. La mia giovane età era da considerarsi un valore aggiunto: nessuno prevedeva che mi sarei sposata presto e, su quello, non potevo essere più d'accordo: migliorare la mia condizione non prevedeva la costruzione di una famiglia. L'indipendenza era il primo passo ma io volevo una carriera, e la volevo ben prima che arrivassero le rughe.

Non ero pronta, però, a gestire tutto il corredo di ansia che accompagna i colloqui e, prima di loro, il silenzio che li precede, o che li segue.

Feci più o meno una decina di colloqui, spalmati su un paio di mesi. Quando arrivai alla Energy, un call center che si occupava di elettricità, i cori di "le faremo sapere" vennero sostituiti da un secondo colloquio conoscitivo e poi da dei corsi di formazione.

Le sessioni di apprendimento erano interessanti: come approcciare al cliente, cosa non dire, come proporre i servizi dell'azienda. Per alcuni versi mi sembrava di essere tornata a scuola durante l'ora di economia domestica.

Il corso terminava in una serie di prove pratiche e sentivo sempre più pesante la pressione. Altro che esame di Stato, lì dipendeva in modo molto più reale ciò che sarebbe stato del mio immediato futuro.

Come sempre, ci pensava il vino a lavare via i miei problemi, idratandomi l'anima come un balsamo. Due bicchieri prima di andare a dormire e nella mia testa ecco manifestarsi tutte le parole giuste, la lingua sciolta e l'ansia lontanissima. Sentivo davvero che tutto sarebbe andato bene, al punto che mi chiesi se non fosse il caso di bere un bicchiere prima di attaccarmi alla cornetta e chiamare i potenziali clienti, ma no, stabilii un confine tra quello che era il tempo da trascorre con il vino e quello che dovevo passare in compagnia delle mie paure, e l'ambiente lavorativo non era un'intersezione dell'insieme, affatto.

Consentii al bicchiere, però, di cantarmi la ninna nanna prima di andare a dormire.

Il giorno della prova pratica mi mostrai appena incerta sull'attacco, tant'è che un paio di persone mi chiusero il telefono in faccia.

«Non dare loro il tempo di non ascoltarti. Parla con decisione e vedrai che si fideranno di te» mi incoraggiò il responsabile della mia classe.

Il terzo tentativo andò meglio dei precedenti: parlai, illustrai tutti i vantaggi della nostra azienda e perché conveniva stipulare un contratto con Energy. Immaginai il sapore del vino sulla lingua e quando ebbi il consenso per un contratto, già sapevo come avrei festeggiato.

Maggiorenne e con un lavoro, il sogno di un posto tutto mio che sembrava sempre più vicino. Decisi che il mio futuro andava annaffiato con un fiume di gioia liquida, e con il gruppo di lavoro andammo tutti all'enoteca, un po' per condividere la bella notizia con gli ex colleghi e un po' per lo sconto sui drink.

Bere per mandare via l'ansia ha un diverso sapore, rispetto al bere per festeggiare. Come dopo l'esame di maturità, sentivo che tutto mi era dovuto. Un bicchiere dopo l'altro, il presente di quel momento rimase sommerso.

Non ricordo molto di quella serata; ciò che successe il mattino dopo, invece, mi è ancora ben chiaro: mi addormentai sul gabinetto.

Non è una cosa strana, succede quando sei molto stanca, o molto ubriaca, o molto di entrambe le cose. La prima sensazione che mi evoca quel ricordo è il freddo, seguito poi da un intenso bruciore.

La mamma mi aveva gettato addosso una secchiata d'acqua gelida. Mio padre, per la prima volta in vita mia, mi diede uno schiaffo.

Non capivo.

Avevo festeggiato, era una cosa bella. Certo, a volte si esagera, ma succede. Chi non ha esperienze di questo tipo da raccontare?

E allora perché, perché sentivo crescere in me una bruciante vergogna?

CAPITOLO V

Nuove conoscenze

A volte fumo.

Non mi ritengo una tabagista, per essere una tabagista ci vuole una certa cultura in materia di tabacco, appunto, piantagioni e aromi. Se devo dirla tutta, fumare neanche mi piace molto, è una nuvola funesta che si impregna sui vestiti e ti identifica in un vizio, come le stigmate per alcuni santi.

Ho sempre odiato le persone che puzzano di sigaretta, eppure eccomi qui.

A ventidue anni, fumare da quando ne si ha diciannove non è una grande idea, specialmente quando cresci in una famiglia di salutisti. Per chissà quale paradosso, ammettere con i miei di avere un problema con l'alcol è un male nettamente minore rispetto a farsi beccare con una cicca.

Ho iniziato a fumare quando lavoravo in Energy, perché dopo i primi due mesi la corsa al bonus aziendale si trasformava nell'ansia di non ottenere il numero necessario di clienti. Avevo sempre la gola secca e sentivo che un bicchiere di vino avrebbe ammorbidito i sensi al punto da farmi godere il lavoro anziché temerlo, giudicare l'obiettivo come un traguardo e non come una bilancia dedita alla misurazione del mio talento di venditrice.

Tuttavia, bere a lavoro era un po' eccessivo e non sarebbe stato tollerato, ed ecco il perché delle sigarette. Completamente a caso, quelle che costavano meno.

La nicotina ha lo stesso effetto morbido sui muscoli e portare il filtro alle labbra, con un po' di fantasia, somiglia molto al gesto che si fa quando mangi un pasticcino o sorseggi il vino da un bel bicchiere con lo stelo lungo.

Penso a questo mentre, post seduta di gruppo, uso la fine di una sigaretta per accenderne un'altra.

«Nervosa?» chiede una voce dietro di me. Non riconosco subito a chi appartiene, per farlo devo voltarmi.

Riccardo sta frugando il tabacco marca Camel con le dita, ha già una cartina pronta e il filtrino in bocca. Il gesto con cui arrotola il tutto e ne fa uscire una sigaretta mi stupisce, movimenti fluidi e veloci di sicuro dettati dall'abitudine. Mi viene incontro con un sorriso gentile. Quand'è vicino posso notare particolari a cui non ho fatto caso durante la seduta di gruppo: la mascella quadrata, le spalle larghe e gli occhi di una leggera eterocromia, uno scuro e l'altro di un nocciola che sembra quasi dorato.

«No, non sono nervosa» gli rispondo, anche se per farlo prendo il mio tempo.

«Neanche molto socievole, se è per questo» mi fa presente lui. Ha un sorrisino lieve sulle labbra, qualcosa che sembra fare parte della sua persona, come un atteggiamento.

«Hai da accendere?».

Passo le mani sulle tasche dei pantaloni, anche qui con estrema calma. Il sorrisino di Riccardo si accentua.

«No ma fai con comodo, eh» mi dice.

Alzo gli occhi al cielo, non so ancora se ho gradito questa interruzione del mio flusso di coscienza. Vorrei dirgli che l'accendino non ce l'ho, ma alla fine lo trovo e glielo cedo. La sua sigaretta fa una piccola vampa e sale un refolo di fumo biancastro.

«Mi è piaciuto il tuo intervento, oggi» dice Riccardo.

Mi sento a disagio. «Era solo un intervento» minimizzo.

«Sarà» conviene lui in modo blando. «Mi spieghi una cosa, però?».

«Dimmi».

«Perché avevi tanta fretta di crescere?».

La domanda mi coglie un po' di sorpresa. Non mi aspettavo che qualcuno ascoltasse davvero le mie parole o meglio, non in una cornice come quella della Rinascita, dove ognuno ha i suoi problemi.

«Volevo essere autonoma, tutto qui» dico.

Riccardo non è convinto della mia risposta. «...un po' riduttivo, non credi?».

Mi viene da ridere. «Sembri Jenny» gli faccio presente. E poi: «Da quanto sei qui?».

«Tre mesi» risponde lui.

«E già ti senti psicologo?».

Stavolta Riccardo ride apertamente. «No, ma qualcosina la apprendi».

«Per esempio?».

«Be', per esempio, da lucido impari a osservare gli altri. Tipo te e il tuo primo mese qui alla Rinascita» rivela.

Sono qui da appena un mese, riepilogo nella mia testa.

«Di certo è inquietante» gli faccio notare, sebbene non sia affatto inquietata.

Strano.

«Non che abbia molto da fare, a parte coltivare piantine, disegnare scemenze e partecipare alle sedute» conclude lui.

Schiocco la lingua al palato. «Vedo che qualcuno ha preso il percorso sul serio» commento. È il mio turno di essere sarcastica.

«Almeno in qualche modo l'ho preso. Qui c'è chi finge di partecipare» dice Riccardo.

Sento una velata accusa.

«Che vorresti dire?».

«Te l'ho detto, ti ho osservata».

«E cos'è che hai osservato?» chiedo, paziente, e guarda caso è proprio la domanda giusta da fare.

«Stai molto per i fatti tuoi» inizia a dire Riccardo «come se questa esperienza fosse un viaggio solo tuo. Quattro settimane dopo non è cambiato molto, rispetto a quando sei arrivata. Fai tutto quello che devi fare ma in maniera distante. Non te lo spiego meglio perché non vorrei far fare a Jenny brutta figura rubandole il lavoro».

Ci rifletto. «In pratica, dici che non mi impegno» riassumo.

Lui scuote la testa. «Questo me lo devi dire tu. Come mai sei qui?».

«Ho un problema con l'alcol».

«Non intendevo questo».

«E allora hai posto male la domanda».

«D'accordo, riproviamo: chi ti ha mandato qui?».

La risposta più facile del mondo: «Io».

«Da come ti comporti, non sembra».

Respiro profondamente. Riccardo accende in continuazione il drummino che si spegne tutte le volte, e poi quand'è arrivato al filtro in tempo record mi ripassa l'accendino. Io non ho ancora finito la mia seconda cicca.

Che sfacciato, penso. Ma ormai sono curiosa.

«E sentiamo» lo assecondo. «Come mi comporto?».

Continua lo show di Riccardo: «Tanto per cominciare, tutti sappiamo chi sei ma scommetto che tu non ti sei sprecata a dire mezza parola a qualcuno, qui dentro. A parte la psicologa, ma perché quella la paghi».

Vero, annuisco nella mia mente.

«C'è chi potrebbe dire che stai facendo resistenza passiva alla terapia, e sarebbe un controsenso visto che sei venuta qui per volontà tua. Dunque, il mio pensiero è un altro».

Pausa. So che è il mio turno di dire qualcosa, ha creato questa finestra apposta, ma non mi va di dargli subito questo tipo di soddisfazione. È solo dopo qualche lunghissimo momento di finta riflessione che lo incalzo: «Ovvero?».

«Speri che trascorrere del tempo senza bere ti faccia passare la voglia di farlo. Questo per te è uno stallo, Giada. È Giada, vero?».

Quest'affermazione mi urta, la sento mentre si insinua tra le mie spalle irrigidendole tutte. «Mi sembra un po' riduttiva, la cosa» dico solo, pacata, prima di aspirare altro fumo.

Lo sai benissimo come mi chiamo, stronzo.

«Sarà» conviene lui, stringendosi nelle spalle. «Ma fattelo dire da uno che ne sa: inizia a essere più sincera con te stessa, perché che fai il minimo indispensabile è più che evidente».

Riccardo è fastidioso, ma tutto sommato dice cose che per certi versi mi attirano. Non posso farne a meno: mi incuriosisce la percezione che gli altri hanno di me. Se così non fosse, non mi sarei messa in questa situazione, lo riconosco.

«Chiedo scusa, dottore, secondo lei dov'è che avrei mentito a me stessa?» gli chiedo, anche se bado bene a calibrare un certo tono di piccato sgarbo nel tono di voce. Arriccio anche un po' il naso.

Lui alza le mani in segno di resa.

«Okay, forse ho usato un termine più forte. Non è che vuoi dirti le bugie di proposito, è solo che…».

«…è solo che?».

«Non ti rendi conto di te» conclude lui.

Stavolta non è che mi viene da ridere: rido, di gusto e divertita.

«Se non me ne rendessi conto sarei in una clinica di riabilitazione?» domando, retorica.

Lui si stringe nelle spalle. «Questo non so dirtelo, ma da tossico a tossica, ti svelo un segreto: prima impari a chiamare le cose con il loro nome, prima capisci chi sei».

Mi sono rotta.

«Senti, io me ne vado. Ci si vede in giro» saluto. Quello che ha detto mi ha davvero irritata, la gola pizzica. Non posso permettermi adesso questo genere di distrazioni. Riccardo però mi viene appresso. «Ehi, scusa. Non volevo essere invadente. È solo che sono rimasto colpito dalla tua risposta, prima».

«Quale delle tante» gli dico, con talmente poca enfasi che perdo persino il punto interrogativo a fine frase.

«La cosa dell'autonomia, là».

«Si chiama crescita, fa parte della vita, si accetta. Magari non sono io quella che non si impegna. Da tossica a tossico, ovviamente».

«Eppure credo tu l'abbia confusa con la libertà».

Le parole di Riccardo mi inseguono, mi pizzicano la gola in un'arsura che mi costringo a imputare alle troppe sigarette. Spengo quella che sto fumando buttandola a terra e calpestandola.

Che abitudine disgustosa, mi dico, *ma al momento piuttosto che bere mi tengo pure questo.*

Il mio compagno di terapia si ferma e mi lascia andare. Sollevo una mano in un segno di saluto che vorrei fosse un dito medio.

Attraverso la saletta comune a grandi passi. Ci sono la binge-eater e l'eroinomane della seduta, mi sorridono e stiracchio le labbra nella loro direzione.

Riccardo non ha torto, non fosse stato per la sessione di gruppo neanche li avrei guardati in faccia.

Appena torno in camera mia prendo un foglio di carta e inizio a buttare giù quella parola: libertà.

Per la prima volta da quando sono qui, ho voglia di scrivere.

***

'Libertà è una parola che si muove sulle labbra soffice come un bacio. Sulla lettera B posso sentire la morbidezza della mia bocca e la tensione del collo che si scioglie. La ripeto tante volte a bassa voce finché non perde il suo senso logico e diventa la trasposizione vocale del suo significato: lettere che partono al di fuori di me, senza freni.

Se ci penso meglio e ripeto ancora la parola sulla lingua, a occhi chiusi la prima immagine che mi viene in mente è la corolla di un fiore. Quando si apre ed esprime appieno tutta la sua bellezza, il fiore è libero; dunque, per certi versi, penso… credo, non so, che la libertà sia la possibilità di crescere, di trasformarsi in se stessi.

Riccardo – ma perché mi viene in mente, maledetto! – ha detto che ho confuso l'autonomia con la libertà, e credo sia proprio per questo motivo: volevo trasformarmi in me stessa. Per questo avevo fretta di crescere, perché ho sempre sperato che in me ci fosse qualcosa di più, ancora da scoprire, un lato nascosto che potesse sbocciare come la corolla del fiore, rivelandomi in tutto il mio essere.

Lavorare, guadagnare i miei soldi, cercare la mia casa, sono tutte tappe di un'autonomia che attendevo come un regalo di Natale, un pacco misterioso ma soltanto mio che, finalmente, avrebbe rivelato l'identità nascosta sotto l'armatura, qualcosa verso cui tutti sarebbero stati ben disposti, facile da amare.

Sfido chiunque, con questa speranza qui, a non aver voglia di crescere. Addirittura fretta, sì.

Credevo che se mi fossi letteralmente guadagnata il mio posto nel mondo, se fossi diventata la mia persona sarei stata più leggera, di quella leggerezza che ti dà soddisfazione. Avrei potuto accettare anche i miei sbagli perché sarebbero stati soltanto miei. Forse avrei potuto persino riderne, non essere sempre così severa, come dice la dottoressa.

Mi viene in mente un altro modo di dire, affatto nuovo: *allentare la pressione.*

Dunque sì, per me crescere è sempre stato un obiettivo piuttosto che un viaggio, un punto d'arrivo. Il giorno in cui mi assunsero in Energy – il giorno della sbornia e del ceffone sulla tazza del bagno – sentivo di aver fatto un piccolo passo in quella direzione e di potermi concedere dieci minuti in cui staccare la spina, senza pensieri e senza meta. L'ansia di dover essere perfetta era calata di una tacca e… mi sono distratta per la prima volta, non era mai successo.

Se devo essere sincera, ad anni di distanza e con una lucidità indotta dall'astinenza, ripensando a quell'episodio specifico – l'acqua fredda e lo schiaffo caldo – lo scopro alla luce di un significato diverso: la vergogna è l'unità di misura con cui giudichiamo noi stessi. Quel piccolo assaggio di una me vincente, anche se si trattava di una vittoria devastata, non piacque ai miei genitori.

Loro, sempre così perfetti, in posa con il profilo migliore rivolto alla vita, avevano visto un barlume della vera me stessa, della Giada che era libera di sbagliare, per una volta, e l'hanno trattato con rifiuto.

Forse non era vergogna, forse era delusione, ma non verso di loro: verso di me, per aver permesso all'armatura di allentarsi di poco, certo, ma quel poco a casa mia era stato pure troppo.

Mi chiedo perché non abbia detto questo, alla seduta di gruppo. La risposta che mi do ha il suono saccente e fastidioso della voce di Riccardo mentre dice che faccio lo stretto necessario, che la mia presenza qui si limita alla speranza di una normalità nuova senza la fatica di costruirla.

Mi oppongo alle sue parole con tutte le mie forze.

Arrivata in clinica lo sapevo, che sarebbe stato faticoso.

Cercavo quella fatica, il pizzicore alla gola a cui dover resistere; ricordo bene com'è andata, è stata una mia scelta: mi ci ha accompagnata la mamma, in macchina. Mi sarebbe piaciuto guidare perché mia madre in auto va piano, pianissimo, o forse è così solo nella mia testa, abituata ad altro. Fatto sta che durante il tragitto non ho spiccicato parola, giusto quelle poche domande circa le indicazioni dette con la voce troppo energica del navigatore, il mento alto e gli occhi fissi sulla strada.

Avrei voluto chiederle se la mia decisione di chiudermi in clinica la metteva a disagio, se era fiera del fatto che sua figlia stesse prendendo una decisione per salvarsi la vita o se invece si vergognava perché, essendo Verona un piccolo paese, in fondo, presto o tardi tutti avrebbero saputo tutto e l'avrebbero arricchito di dettagli non veri, ingigantendo la questione fino ai limiti dell'universo conosciuto.

Ma non ho detto niente. All'incrocio saltuario dei nostri sguardi mi sono limitata a stendere le labbra in un sorriso di incoraggiamento, come se fossi io a scortare lei verso un nuovo percorso e non viceversa.

Un po' come il primo giorno di scuola, mia madre mi ha lasciata sulla scalinata della Clinica Rinascita. Non è stata una sua idea, ma così doveva andare, quelle erano cose che, in fondo, dovevo fare da sola. Ero adulta, no?

Ho dato a mia madre un abbraccio frettoloso.

«Mi raccomando, Giada» ha detto lei, guardandomi negli occhi con severa preoccupazione. Io lo so, lo so che mi ama, mi ama in modo decoroso e distante, perché i bambini si baciano mentre dormono oppure vengono su mollicci, incapaci di cavarsela nella giungla selvaggia che è il mondo. Della mamma capisco ogni angolo appuntito e non me la sono presa quando ha fatto un passo indietro per tornare alla macchina. «Da qui in poi ci pensi tu, dunque» mi ha salutato. Lei mi aveva portata in clinica, aveva assolto il suo compito.

Me la sono lasciata alle spalle.

Davanti a me c'era un nuovo capitolo della mia vita e sentivo di doverlo iniziare il prima possibile. L'alcol era diventato il pericolo costante di uno sgambetto a ogni passo e per quanto qualcosa in me ancora non lo identifichi come un vero nemico, era stato molto, molto pericoloso. La mia macchina distrutta è tutt'ora una spia più che evidente della cosa.

La Rinascita mi ha colpita fin dalle foto trovate su internet: una piscina bella grande, stanze in comune e singole, la piccola serra in cui tentare il giardinaggio, la sala dell'arte e immagine. Non mi pareva vero che una clinica di riabilitazione per la tossicodipendenza potesse sembrare così rilassante, come un campo estivo.

Forse non ho un problema, ho pensato, *forse il mio è un disperato bisogno di vacanza.*

Le mie scarpe, sul marmo, facevano un suono piacevole, di quelli che si sentono nei film quando la *femme fatale* entra finalmente in scena. Sentivo di dover dare dignità al rumore dei miei passi e quindi eccomi a raddrizzare la schiena. Con un paio di occhiali da sole mi sarei sentita Audrey Hepburn davanti alla vetrina di Tiffany.

La Rinascita mi sta già rendendo una persona migliore, mi sono detta.

Alla reception della clinica mi hanno trattata come l'ospite di un hotel extra lusso. La divisa blu dell'infermiera era portata come le migliori giacche da pinguino, il check-in effettuato in grandi sorrisi mentre altri operatori si occupavano di portare le mie valigie.

«Se intanto desidera esplorare un po' l'ambiente» il suggerimento dell'infermiera, mentre altri preparavano la camera.

Tutto questo lusso è per una ventina di persone al massimo. Per entrare ho atteso un mese dalla mia decisione, subito dopo l'incidente, perché si liberasse un letto.

Devo concentrarmi tanto, tantissimo, per ricordare che, effettivamente, io quel Riccardo l'ho visto ben prima della seduta di gruppo: uno sguardo pigro quando, il primo giorno, sono passata per la sala del televisore, una scintilla a cui mi sono sottratta subito perché *non sono qui per fare amicizia*, mi ero detta, avevo un problema da risolvere.

Davide, l'eroinomane, l'ho incrociato per i corridoi durante l'esplorazione. Sembrava un uomo a cui avevano risucchiato l'anima da dentro, un guscio di carne in procinto di disfarsi. Pallido e con le palpebre a mezz'asta, era già lontano dalla sua versione in semi-salute che fa la terapia di gruppo insieme a me. Però, a prima vista, mi ha fatto paura.

Io non sono come te, è stata l'affermazione che si è stampata nel mio cervello come un marchio a fuoco, ma non ho avuto il tempo di pensarla una seconda volta e con più convinzione perché Claudia mi è venuta addosso direzionando la sua andatura nervosa senza guardare, un urto che però è mancato di convinzione come la sua camminata – d'altro canto è così magra, così fragile.

Anche da Claudia mi sono sentita lontana.

Stranamente, però, tutta quella diversità è stata un'iniezione di fiducia. *Se riescono a mettere in piedi questi qui, che stanno a pezzi*, ho pensato, *vuoi che non risolvano il mio problema in men che non si dica?"*

CAPITOLO VI

Imparare a vedere

Il giorno dopo la seduta di gruppo sono di nuovo nello studio di Jenny, con le piantine verdi finte che mi danno la sensazione di un ordine plastico, modellabile. Ho preferito sempre la mano dell'uomo alla natura, che è perfetta anche quando distrugge tutte le cose. L'uomo si mette in discussione, la natura si accetta così com'è, non mi è mai piaciuto questo.

Ho raccontato alla psicologa della mia chiacchierata con Riccardo.

«Vedo che la cosa ti ha toccata parecchio» mi fa notare lei. Urta ogni singolo nervo.

«Certo!» confermo. «Mi dà fastidio quando gli sconosciuti arrivano e fanno i saputelli a mie spese».

Jenny mi lancia un'occhiata lunga, lunghissima. Tace, mentre estrae il foglio che le ho portato poco prima della seduta, i miei ultimi pensieri.

«Ho letto quello che hai scritto» comunica, cambiando discorso. Ha sempre la stessa posa impeccabile, qualcosa che ora associo soltanto a lei.

«Ho cercato di essere quanto più vera possibile» le dico, voglio che sappia che mi sto impegnando davvero.

Fanculo, Riccardo.

Jenny muove qualche cenno di assenso con la testa. «Lo apprezzo» risponde, sorride persino. «Sei molto più aperta, più sincera rispetto alle altre sedute, al tuo primo scritto. Non so se ti sei accorta di questo».

«Non ci vedo particolari cambiamenti, in realtà» ammetto.

Il viso della mia psicologa mi rivolge un'espressione sibillina.

«Perché non hai provato a dire questo, in terapia di gruppo?» mi chiede.

Sollevo le spalle. «Non mi è venuto in mente».

«Se riuscissi ad aprirti nelle sedute collettive, Giada, capiresti che non sei sola e che sbagliare non è di per sé... sbagliato. L'errore è un momento di crescita importante perché ti mette davanti a un limite. A seconda del tuo limite, impari a gestire la situazione e a comportarti diversamente davanti al problema».

«Dottoressa, tutte queste cose me le sta dicendo lei» le faccio presente. «Lo so che non sono sola, c'è tutta una clinica a ricordarmi di quanto le dipendenze possano essere dannose». C'è una punta di nervosismo nella mia voce, mi ricorda che non tocco alcol da un mese circa. «Non capisco come le esperienze altrui possano riguardarmi, ecco. Le ho ascoltate, però, ho lavorato sull'accoglienza così come mi ha detto». Il nodo della questione.

Jenny sospira con quella che mi sembra infinita pazienza.

«Hai lavorato sull'accoglienza» ripete.

È un sorriso, quello sotto i baffi?

«Certo».

Non era accoglienza, la mia, durante la seduta di gruppo?

«Lo sai che il significato della parola 'accogliere' è 'ricevere presso di sé, accettare'. Per accettare qualcuno, prima devi riconoscerlo. Credi di esserci riuscita in una sola seduta?» domanda la mia dottoressa, e io la risposta già la conosco. Mi basta la retorica.

«Ci vediamo alle quattro per la seduta di gruppo».

Jenny mi congeda con un occhiolino e io ormai lo capisco, cosa vuole dirmi senza dirmelo: *come fai ad accettare gli altri se non accetti te stessa?*

***

Alle quattro eccoci di nuovo qui: dieci sedie, sei persone: Paolo, Claudia, Davide, Maria, Riccardo, io seduta sulla sedia dell'avanzo, quella che rompe l'armonia dell'alternanza. Stare vicino a Riccardo in parte mi infastidisce e in parte mi richiama una sensazione di pizzicore al braccio. Da quando sono qui non ho toccato un goccio e ora lo sento tutto, il mio corpo, ogni piccola vibrazione di pelle, ogni pelo che si drizza, ma è come se non sapessi bene a quale emozione associare questa cosa. Decido comunque di non pensarci perché in questo momento sta parlando Claudia. La guardo meglio: sottile come un ramoscello, dall'aria fragile. Sento che anche io ho perso peso da quando non bevo, che il mio corpo sta appiattendo il gonfiore dato dall'alcol in una figura più a modo. Spero si possa fare la stessa cosa con i tormenti dell'anima.

Ad ogni modo: Claudia.

Claudia era una modella; aveva iniziato prestissimo, a quindici anni.

«Io non volevo, in realtà non me n'è mai fregato niente delle passerelle, Milano, la settimana della moda e i viaggi» rivela senza guardarci. «Mia madre ha sempre detto che ero perfetta, è stata lei a farmi le foto, iscrivermi ai casting e trovarmi un agente». Tiene lo sguardo basso i lunghi capelli rossi le fanno una cortina che protegge il suo viso dalle nostre occhiate. È bella, in teoria, in pratica sembra una foglia secca, di quelle che in mano rischiano di diventare polvere. Claudia siede con le ginocchia unite e i piedi separati, è ingobbita come se dovesse nascondersi. Questo, l'altra volta, non l'avevo notato.

«...il mondo della moda è feroce. Più stretta, più larga, sono guai se metti un centimetro, con quegli abiti tutti cuciti addosso. Sei un manichino che si muove e che fa espressioni con il viso. Avevo sempre fame, la fame mi accompagnava ovunque ma pensavo che, se avessi mangiato, allora nessuno mi avrebbe voluta più e mia madre mi avrebbe guardata con disprezzo. Non mi reggevo più in piedi e lì sembravano andare tutti a duecento all'ora, mi chiedevo che cazzo avevano, in corpo, per fare tutto. È stato solo l'anno scorso, che ho capito come facessero: i più tiravano». Timida, alza la testa, ci guarda come se potessimo esprimere un giudizio.

Sento qualcosa che si muove, in me: solidarietà.

In fondo è qualcosa a cui posso relazionarmi, penso, man mano che ascolto.

«La coca è la sensazione più bella del mondo perché trasformava me in una persona più energica. Lavoravo meglio, ero concentrata e lo stomaco non borbottava. Potevo rimanere in piedi anche un giorno intero senza sentirmi stanca e mi faceva apprezzare quello che avevo. Che poi, mi dicevo, c'erano persone che neanche in tutta la vita avrebbero vissuto quello che vivevo io. Era bello. Io finalmente c'entravo con quel mondo, potevo capire un pizzico della felicità che provava mia madre».

Compiacenza.

È questo un tema che ritorna, un campanello che mi risale dallo stomaco dice che la conosco fin troppo bene.

Mi domando, oggi, dove sia l'amore per noi stessi se tutto quello che abbiamo lo utilizziamo per far contento chi ci sta attorno.

Qualcosa mi pizzica in viso. È strano: il pizzicore sale dal naso ai dotti lacrimali, tiro su in modo discreto. Cos'è questa cosa che sento?

Empatia, sussurra la mia voce interiore, ed è una voce che non mi fa paura, non mi giudica.

Claudia finisce il suo discorso e tutti applaudiamo, sento le mie mani che si scontrano palmo contro palmo in maniera più decisa, più partecipe.

È il turno di Davide, che oggi sembra ancora più pallido dell'altra volta. Lui non è nervoso come Claudia, la sua è una figura lunga come le ombre degli spaventapasseri, con una zazzera bionda che cresce sparata verso l'alto e sembra allungarlo ancora di più. Ha le gambe distese e sembra quasi sdraiato sulla sedia, posso immaginare un commento di mia madre e ho l'istinto di dirgli di mettersi composto, che così non va. D'altro canto, io sono seduta dritta, con le mani raccolte in grembo, ginocchia unite e le caviglie intrecciate leggermente di lato, così come conviene a una persona perbene.

Mi mordo la lingua.

Lo vedi? Stai giudicando.

E dire che mi sono distratta soltanto un secondo.

Distolgo l'attenzione da Davide, alzo gli occhi e faccio una panoramica del posto, come se per sentirmi sicura dovessi capire, di volta in volta, che l'uscita è lì, proprio davanti a me, e che restare è una mia scelta. Noto che Riccardo mi guarda con la coda dell'occhio. Ha un sorriso in faccia che tradisce una certa soddisfazione. Lo prenderei a schiaffi, mentre il peso della sua attenzione diventa una coperta bollente sul mio viso.

Non dargli corda, mi dico. *Ascolta.*

La voce di Davide è bassa, un filo strascicato dall'accento veneziano. Rispetto a noi di Verona, i veneziani parlano come se si stessero sempre lamentando di qualcosa, è una cadenza che sembra portare con sé un disastro. In questo caso, però, il tracollo è tutto vero.

«I miei sono cattolici incalliti, o almeno li ho sempre chiamati così» racconta, e noi altri siamo in silenzio perché dobbiamo sentire tutto quello che dice, con quel filo di voce. «Sono cresciuto come un bimbo di chiesa, facevo il chierichetto, aiutavo anche con i gruppi di catechismo. A me non dispiace, la parrocchia, ci tornerei volentieri anche adesso. Il problema è che sono frocio e, come dicono i miei, "Dio gli invertiti non li vuole"».

Mi si stringe lo stomaco.

«Non ho mai pensato di dire ai miei genitori che mi piacevano gli uomini. Ho tenuto il segreto con me fino ai vent'anni. Mai un commento fuori posto, mai un Pride, quando si parlava dell'argomento rimanevo in silenzio. Essere gay non è una cosa facile da accettare, se sei cresciuto con il modello di famiglia tradizionale come il mio. È stata la mia vergogna per tutta l'adolescenza finché poi non è successo, mi sono arreso e ne ho parlato con il mio migliore amico, che però amico forse non era, perché l'ha detto ai suoi, che l'hanno detto ai miei, che sono esplosi».

Davide è stato cacciato di casa: ha dormito in un rifugio, ha trovato lavori saltuari e poi delle amicizie che forse non erano così buone, non come quelle che la parrocchia avrebbe voluto per lui.

«Vivere nell'odio dei tuoi genitori è davvero brutto, ma ho sperimentato anche una libertà immensa, una volta ristabilito un piccolo equilibrio. Ho scoperto il sesso, ho scoperto una vita del tutto diversa, amici veri e colori, serate danzanti e anche braccia in grado di consolarmi quando mi mancava casa» ha continuato a raccontare. «L'eroina non è come la coca» dice, guardando Claudia. «L'eroina è la quiete che cerchi quando nella tua testa non riesci a silenziare la voce di papà che ti dice quanto fai schifo, o della mamma che confida nella punizione di Nostro Signore. L'ho provata perché desideravo solo un po' di pace e, quando l'ho avuta, mi ci sono arenato».

Non riesco a capire: le loro storie erano così anche l'altro giorno? Così profonde, così vere che mi sembra di viverle anche io un po', di riflesso.

Quello che ha vissuto Davide è qualcosa che non posso neanche immaginare. Un mondo dove i miei mi respingono con così tanta forza non esiste, neanche nei miei incubi peggiori; neanche quando penso di averli delusi più di ogni altra cosa, li vedo lontani da me.

Capisco che la distanza può misurarsi in diversi modi: c'è quella di mia madre, sempre così severa e inappuntabile, con il suo modo di sistemarmi i capelli per mettermi in ordine e c'è il quieto silenzio di papà, un lago placido che si increspa solo in momenti eclatanti, prima di tornare calmo, riflessivo. Quando hanno preso coscienza del mio problema con l'alcol si sono arrabbiati. Lo so che ho spezzato, in loro, la tranquillità di avere non una ma ben due figlie sistemate, precise, perfette. Mi guardo bene dal dire che questa smania di perfezione è stata la mano che mi ha riempito il bicchiere, che io non sono mia sorella e non sono loro, e tutta questa pressione non l'ho mai saputa gestire. Ho abbastanza cura dei miei da non volerli chiamare come un problema. Sarebbe un po' come addossare loro qualcosa che ho fatto io, ma comunque, senza divagare: al mio peggio, loro mi hanno aiutata. Certo, ho sentito le guance bruciare al contatto con i ceffoni e sì, non sono stata esente dal discorso su quanto fossimo sbagliati io e tutte le cose che stavo facendo, ma alla fine della fiera è stata mia madre ad accompagnarmi alla Rinascita, non la sola iniziativa delle mie gambe.

Neanche mia madre vuole una figlia alcolista, neanche mio padre. Eppure, com'è stato diverso il loro modo di aiutarmi. Semplicemente, c'è stato.

Il racconto di Davide mi fa sentire molto fortunata ma apre anche degli interrogativi oscuri: che motivo ho, io, di attaccarmi alla bottiglia?

Ascolto della sua vita spezzata e mi sento così piccola che vorrei sparire.

Interrogarsi sui motivi che mi hanno spinta a bere è importante, ha detto Jenny, ma se mi trovassi a giudicare insufficiente la mia motivazione? Cosa resta, di me? Solo debolezza.

La madre di Claudia l'ha messa su una passerella segnando il suo destino, Davide ha subito il torto più grande da chi si supponeva dovesse amarlo incondizionatamente. E non è stato il solo, perché poi è venuto il turno di Maria.

Maria sarà sul metro e sessanta, ha grosse maniglie dell'amore che circondano la sua figura e dice che quella è la sua barriera, il suo abbraccio. Nel cibo ha riposto le sue speranze in un futuro migliore, un futuro dove però fatica ad arrivare perché ormai la sua protezione le impedisce di camminare, ha due pieghe spesse al posto delle caviglie. Fa fatica a far tutto e la tensione con cui sta seduta sulla sedia è dovuta alla costante paura di romperla. Peserà sui centotrenta chili, la Rinascita è il percorso psicologico necessario prima dell'intervento di bypass gastrico che le servirà per vivere.

«Mi rendo conto di aver fatto del cibo la mia felicità» racconta e ci guarda tutti, come se ci sfidasse a contraddirla. «La coca, il vino, l'eroina, sono tutte cose di cui potete fare a meno, se imparate a tenere a bada il mostro dentro di voi. Io quel mostro lo incontro dopo ogni boccone e ha la faccia del fratello di papà». Neanche lo chiama zio. È solo una bestia che ha abusato di lei per anni e più ascolto, più mi rendo conto che quella bestia la odio.

«Quando mangio il mondo scompare, il dolore scompare. Assaporo pezzi di felicità ogni giorno perché stare senza mi fa sentire il peso delle mani addosso. Ci ho messo talmente tanto grasso, tra me e quelle mani, che il pensiero di non potermi più rivolgere al cibo come a un salvatore mi fa avere paura» confessa.

Posso capirla davvero?

Eppure, io più degli altri dovrei conoscere il peso specifico di ogni armatura, dovrei sapere che l'armatura ha la funzione di proteggerti distraendo gli altri da quello che sei davvero.

Mi sento così stupida.

«Con permesso» dico, mentre mi alzo ho l'impressione di guardarmi dall'esterno, ma è tutto troppo.

Non ce la faccio.

Jenny mi guarda con ciò che sembra tenerezza, non dice niente e lascia che mi prenda spazio, perché le sedie che ci distanziano sembrano farsi sempre più opprimenti.

Sono abbastanza lucida da dare un nome alla sete che sento: anestesia.

Vorrei un goccio per mettere a tacere tutte le brutture del mondo e insieme vorrei picchiarmi forte per il desiderio che provo.

Lo so, il dolore è dolore, non ha una gradazione che renda più o meno forti i motivi per cui si sviluppa una dipendenza. Tuttavia, non posso fare a meno di chiedermi quale sia il mio motivo forte, la mia vera ferita che ha visto nell'alcol la sua migliore medicina.

Davanti a quelle persone danneggiate per davvero, e non mi sento degna di loro. La mia armatura crolla di botto e mi lascia esposta in un modo che non mi piace.

Inadeguatezza, questa sconosciuta.

C'è anche una sensazione nuova: la colpa.

È vero, li ho giudicati, ho creduto di non essere come loro e ho ragione, non lo sono, perché il tradimento della vita nei loro confronti è reale.

Io posso prendermela soltanto con me stessa.

CAPITOLO VII

Damasco

È il giorno dopo la mia grande presa di coscienza, salto la seduta.

Dico che non mi sento bene, che qualcosa nella cena della sera prima mi ha fatto male allo stomaco. Jenny mi rifila uno dei suoi soliti sguardi lunghi e saputi, sorride dolce quando dice che se voglio, posso dirle qualsiasi cosa.

Non so esattamente cosa dirle, visto che ignoro anche come affrontare l'intero discorso. Vorrei nascondermi, ecco cosa ho bisogno.

Per farlo meglio, sono di nuovo nel mio angolino, all'aperto, accendo e spengo un sacco di sigarette.

«Tra poco non solo ci fai la montagna, ma metti anche la bandierina».

La voce di Riccardo.

Ci manca solo lui.

Irriverente, l'andatura solida e il drum tra le mani, è un *rewatch* perfetto di quello che è successo l'ultima volta che l'ho incontrato proprio lì.

«Che c'è, sei geloso?» rispondo a tono.

Oggi non è giornata, disturbatore.

Il disturbatore però non è solo, con lui c'è Paolo, il mio gemello di dipendenza. Paolo nelle sedute evita lo sguardo delle persone, qualche volta ho incrociato i suoi occhi scuri per qualche secondo, giusto un cenno. Non fuma, accompagna Riccardo. Rimane a fare da sfondo ai nostri battibecchi.

«Non ti si è vista, prima» mi fa presente il belloccio.

«Non mi sento bene» la mia risposta.

«Un'influenza con i controfiocchi, non c'è che dire. Ieri sei uscita come un fulmine».

«Sei diventato il carabiniere della Rinascita?».

«O magari un amico preoccupato».

Inarco le sopracciglia, lo guardo con fare saccente.

L'amicizia è un'altra cosa, penso.

«Ma che ragazza fortunata» dico, invece.

«Qui ci siamo soltanto noi, se non ci prendiamo cura gli uni degli altri, cosa rimane?».

La domanda viene da Paolo. Lo guardo con tutta l'attenzione che ho.

«Hai ragione» gli do retta in modo più dolce, o forse è solo perché ha parlato lui e non Riccardo, per cui posso mettere da parte lo spirito di contraddizione. «Confesso di essermi sentita un po' sopraffatta» ammetto. Condivido.

Miracolosamente è Riccardo a rimanere sullo sfondo, Paolo prende la parola in modo gentile e posato, così diverso dal suo compare che ascoltarlo è un piacere.

«Claudia, Davide e Maria sono particolari» dice, dunque.

«In che senso?» chiedo io.

«Le loro storie mettono i brividi. Mi dispiace che tu le abbia dovute ascoltare tutte insieme, capisco che possa essere soverchiante».

Mi piace il modo di fare che ha Paolo, mi fa sentire accolta. Mando un'occhiata di fuoco a Riccardo: *è così che si fa*, sembro dirgli.

«Stanotte pensavo che il mio attaccamento al bere forse non ha un vero motivo» confesso. «Cioè, non è che abbia avuto chissà quale trauma, nella vita».

«E quindi?» fa Riccardo.

Sento le spalle che si sollevano, l'acidità sulla punta della lingua lascia spazio a una risposta vera. «Quindi quello che ho fatto mi sembra ancora di più una stronzata» dico.

«Dunque, se non hai un trauma infantile o una vita di merda non puoi farti di qualcosa? Non sapevo che fosse un privilegio per i bastonati dall'esistenza» insiste Riccardo.

Sto per ribattere con qualcosa di incredibilmente cattivo, ma Paolo salva la situazione. Gratta una testa rasata ed è un gesto che mi fa guardare il cielo terso. È alto, lui, altissimo.

«Se ti può essere di supporto, neanche io ho avuto chissà quale grande trauma» mi dice. «Bevevo, mi piaceva lo sballo, ci sono rimasto sotto. Nessuna grande pressione, nessuna ansia. È solo che un giorno ti alzi e ti rendi conto che senza quella spinta, il mondo non ha i colori che ti piacciono».

Semplice, così maledettamente semplice.

«…è da stronzi, vero?».

Ridiamo, tutti e tre.

Spengo la mia sigaretta nel posacenere e non ne accendo un'altra.

«I primi tempi, qui, mi vergognavo molto. Quando ti rendi conto che c'è chi ha passato guai seri, chi ha una ferita così profonda che dipendere da qualcosa diventa un salvagente, i tuoi errori sembrano banalità, cose piccole. Il che è una sciocchezza, però». Parla piano, tiene gli occhi bassi, vedo le nocche che strusciano da dentro le tasche dei jeans, le ha messe lì perché chissà, forse sudano. Non ama quello che dice, ma lo fa comunque. È da ammirare.

«Tu come l'hai risolta?» gli chiedo.

Lui alza le spalle.

«Non l'ho risolta, ci sto lavorando. Jenny mi ha suggerito di trovare in loro una fonte d'ispirazione: bisogna supportarli perché ci facciano da guida. La dipendenza è una dipendenza, qualsiasi sia il tuo passato. Ma se Claudia, Davide e Maria riescono ad andare avanti e sciogliere i loro nodi, ecco, quello è un esempio di incredibile forza. Non trovi?».

«Sta dicendo, simpaticona» aggiungere Riccardo. «Che devi trovare in noi appartenenza perché abbiamo tutti lo stesso male, ma anche stima perché pur partendo da punti diversi facciamo tutti lo stesso percorso».

Guardo entrambi. Paolo alza gli occhi per un momento piccolo, ristretto nello spazio e nel tempo, sorride veloce come un pistolero. Riccardo invece cerca il mio viso in modo aperto, e non me la sento molto di prendermela con lui. Capisco il suo intento, e una piccola parte di me non può che essere grata della sua insopportabile invadenza.

Quand'è il mio turno della seduta individuale con Jenny, il suo sorriso ha una nota di soddisfazione che non le ho mai visto prima.

«Che c'è?» le chiedo, schietta. Ormai abbiamo confidenza, mi piace pensare.

«Oh, niente di che» fa spallucce. «Ti ho vista entrare con portamento diverso».

Capisco cosa mi vuole dire, stavolta non è un mistero: aver parlato con Riccardo e Paolo mi ha fatto bene. Lo sento, il cambiamento fisico: avverto meno tensione nelle spalle, l'arsura non mi stritola la gola. «Ho avuto l'illuminazione» dico.

«Come San Paolo».

Non conosco la storia.

«San Paolo» ripete la psicologa.

Ancora niente.

«Prima di essere un santo, Paolo si chiamava Saulo; era un persecutore di cristiani, ma sulla via di Damasco venne investito da una potente luce e chiamato come discepolo del Signore. Divenne cieco, ma aprendosi a Dio riacquistò la vista» racconta la dottoressa.

«Lei è cattolica?» le chiedo.

«Non è questo il punto» risponde lei, facendo spallucce. «Ma sono convinta che San Paolo sia diventato il vero se stesso soltanto quando è stato disposto a vedere davvero il mondo attorno a lui».

Strano, penso, *dovrei sentirmi pungolata.*

Ma non succede. Anzi, mi sento parte di qualcosa, forse come San Paolo che ha trovato nei cristiani la sua comunità. Mi sovviene un dubbio, però.

La colpa si agita.

«Ha detto che Saulo perseguitava i cristiani» faccio il punto. «E quando si è convertito, loro l'hanno perdonato. Di punto in bianco? Perché così dice Gesù?».

Il sorriso di Jenny si fa più ampio. Comprensivo.

«Il perdono è un atto che compie il prossimo» sono le parole di Jenny, dette con una sorta di delicatezza. «Su quella decisione, tu non hai potere. Hai potere solo sul perdono che puoi dare a te stessa».

Mi assale un dubbio.

«…e se non ne fossi capace?» domando. «Non so come perdonare a me stessa le preoccupazioni che ho dato ai miei genitori, per esempio. Lì non posso farci niente».

Lo sguardo della mia psicologa è più lungo, attento. Prende qualche momento di silenzio scenico, ormai ho imparato a conoscere i suoi tempi di dialogo, sistema le gambe in un movimento elegante.

«Trova il tuo modo di volerti bene, Giada, perché per quanto tu possa amare i tuoi, loro non vivono la tua vita. Il perdono è un atto d'amore che compi nei tuoi confronti».

Resto silenziosa, medito. Le parole di Jenny sono come un pugno nello stomaco, qualcosa che porta le mie spalle a incurvarsi e chiudersi.

«A cosa stai pensando?».

«Ho paura di non meritare il perdono neanche da parte mia» confesso. «Insomma, voglio dire: sono qui, cerco di rimettermi in sesto ma sto solo mettendo delle pezze. Non posso aggiustare niente di quello che ho rotto, è tutto come la macchina, un cubo allo sfascio. Quel cubo non può tornare a essere un bolide a quattro ruote».

Mi gratto. Ogni tanto, nella sobrietà, quando sento che sto arrivando al cuore di qualcosa scatta un prurito respingente, un bubbone proprio lì, nel petto. Prude e prude come il peggior morso di zanzara. C'è qualcosa negli occhi della mia psicologa, nel momento in cui incontro il suo sguardo noto una vena più intenerita e morbida. È solo un lampo, prima di tornare a quell'empatia composta che calza così bene.

«Non voglio darti massime di vita» dice, quindi. «Il tuo lavoro qui consiste nel ritrovare la tua identità, andare al centro di un comportamento dannoso per te, qualcosa che vuoi sradicare. Però posso dirti, Giada, che spesso le cose rotte rimangono rotte. Non c'è niente che puoi fare per aggiustarle, ma puoi imparare dal tuo vissuto per fare in modo da non rompere più niente dopo. Ecco, l'essenza del perdono: il perdono non ripara quanto successo ieri ma getta le basi per il tuo domani. Dipende solo da dove scegli di vivere, se nel passato o proiettata nel futuro».

Il silenzio che si frappone tra le nostre poltroncine è come un muro di tufo, poroso e consistente. Sento ancora il prurito, l'ansia inizia a stuzzicare la mia sete. Penso al perdono, voglio una sigaretta.

«Perché credi di non meritare le cose belle?» è la domanda di Jenny. Mi spiazza.

Però, in maniera sorprendentemente più facile delle altre volte, le mie parole corrono all'indietro nel tempo.

***

Dopo l'episodio del bagno, la mia vita da giovane lavoratrice ha seguito una linea retta e all'apparenza ordinaria. Andavo a lavoro e in ufficio c'era un clima leggero. Eravamo in pochi ma buoni, come piace a me, mi sentivo seguita e le mie vendite erano buone.

«Sei promettente, Giada!» dicevano tutti, e in quei momenti avevo soltanto voglia di condividere i piccoli traguardi con la mia famiglia, come se fosse stato un bel voto a scuola. Mettevo anche qualche soldo da parte, e per me erano tutti motivi di vanto perché mi permettevano di guardare agli annunci d'affitto con la testa alta.

Insomma, per una giovane lavoratrice quello doveva essere il picco della soddisfazione e, com'è logico, quando si è particolarmente soddisfatti si ha voglia di condividere qualcosa con chi ami.

Io amo la mia famiglia, dottoressa, lo giuro, ma da dopo lo schiaffo e l'acqua fredda e la vergogna è cambiato tutto, per un bel po'.

A tavola avevo un solo bicchiere perché i miei mi avevano tolto quello del vino, e questo mi faceva sentire di nuovo piccola e immatura, una bambina, soprattutto perché loro bevevano davanti a me. Quell'immagine era in così netto contrasto con la soddisfazione adulta che sentivo da Energy, che mi chiedevo: com'è possibile? Come posso sentirmi tanto indipendente e tanto stupida allo stesso tempo? Avrei voluto ribaltare il tavolo, prendere la bottiglia e berla davanti a loro in un pieno atto di sfida; invece, qualcosa di ben più profondo mi teneva al tavolo, seduta e ferma come se avessi avuto sei anni: la colpa.

Era quello un periodo di guerra silenziosa. Non siamo mai stati molto chiacchieroni, a casa, ma quel silenzio calava come una mannaia, puntuale all'orario del pasto. Una sera, mi ribellai.

«Dov'è il mio bicchiere?» chiesi a mia madre.

«Non credevo lo volessi» fu la risposta.

«E perché non dovrei?».

«Pensavo che dopo l'ultima volta ti fosse venuto a disgusto, il vino. Succede così, no?».

«Non per forza. Potevi chiedermi cosa volessi fare».

«E dai, Giada, non pressare la mamma. Vuoi il vino? Va' a prenderti un bicchiere» mi rimproverò papà.

In momenti come quelli eccoti davanti a una scelta, dottoressa: il volere dei miei si era espresso in maniera silenziosa e con giudizio inclemente. Io non sapevo di avere un problema con l'alcol, ma per loro ero già destinata a questo posto, per loro presto o tardi sarei stata pronta per la Rinascita.

Sa, molti immaginano una discesa nel baratro come una caduta, ma la verità è che al fondo ci si arrivai in tanti piccoli passettini, un gradino dopo l'altro.

Lo sguardo dei miei, che mi vedevano già colpevole come se avessero previsto l'incidente, la macchina distrutta, tutto, è stato però un piccolo salto, scalini scesi a due a due. Avevo combattuto talmente tanto perché mi vedessero splendere, non dico come mia sorella ma almeno la sua metà, che essere guardata a quel modo aveva lanciato una vera e propria sfida. Così, mentre prendevo il bicchiere, ero capace di pensare soltanto *posso farcela, non mi vedrete mai più in quelle condizioni.*

Era la promessa giusta fatta però nel modo sbagliato. Il lavoro, la casa, l'affitto, l'autonomia, quella sera divennero qualcosa che volevo sbattere in faccia a tutti ed è qui che cadono i grandi, nell'ostentazione di quel che hanno – subito o entro breve. Mentre pensavo di essere adulta, mi inoltravo in un buio più grande di me, il buio dai riflessi viola e il sapore acre, l'odore di fermentato così intenso da dare alla testa.

Pensai che, nelle mie future quattro mura, sarei stata libera di bere senza sentirmi una criminale. La vergogna, a casa mia, non sarebbe mai esistita.

Dunque, perché non merito di essere felice, secondo lei?

Perché c'è un detto che recita: attento a ciò che desideri. E di quello che desideravo, io ho ottenuto tutto, e anche di più. Abbastanza da soffrire.

CAPITOLO VIII

Legare

È il week-end.

Non ci sono sedute nel week-end. Non c'è gruppo, alla Rinascita si respira l'aria leggera di chi può muoversi per i corridoi senza la presenza ingombrante dei demoni da abbattere, lo scopo, l'obiettivo di tutto il viaggio.

Il finesettimana ci viene dato l'accesso al giardino. Non quell'angolino di terra in cui mi rifugio per fumare, ma un vero giardino: spazio ampio, panchine, tavolo lungo in plastica su cui qualcuno, oggi, ha deciso di allestire un piccolo rinfresco.

Vedo le bevande colorate: aranciata, Coca-cola, ginger. L'unico invitato che potrebbe stuzzicare la mia sete lì non c'è, ma non penso che sarebbe tutto più bello con l'aggiunta di una parte alcolica. Nell'assenza, non sento la mancanza.

Bypasso la parte liquida del buffet e mi dirigo a quella solida. Ignoro chi sia stato ma ci sono panini dolci con i salumi e le pizzette, più le vedo e più mi rendo conto di avere fame.

Mi guardo intorno e noto che c'è chi ha più fame di me. Claudia sta guardando il buffet, ha Maria lì vicino che sembra dirle qualcosa all'orecchio. Quel dinamico duo non mi convince molto, i miei sensi più lucidi sussurrano che forse qualcuno ha bisogno di aiuto e, stranamente, mi sento abbastanza forte per farlo.

«Ehi, ragazze» le saluto. Un sorriso, il più cordiale che ho.

«Ciao, Giada» ricambia Maria. Claudia sfina le labbra in un sorrisino timido. Mi piace, Claudia, ha la bellezza di un ritratto d'altri tempi, di quelli che spuntano come fasci di luce nel buio. Ha i capelli rossi raccolti in una treccia e occhi d'un chiaro che la fa sembrare sempre distante; l'anoressia le ha mangiato la faccia lasciandone soltanto l'osso, ma non l'ha privata della grazia. Paolo, che si è autonominato il mio guru della Rinascita, mi ha detto che prima di fare la modella studiava danza.

Claudia vorrebbe tornare a danzare ma la sua muscolatura non glielo consente, divorata com'è da un demone che, oggi, non sembra intenzionato a restare in camera.

«Come va?» chiedo, guardando Maria, chiedendomi se soffre con tutto quel cibo lì davanti.

«Eh, oggi è un po' una sfida» dice Claudia. Mi guarda, stende le labbra in un sorriso da "vorrei, ma non posso".

Si tormenta le mani, torna a guardare i panini dolci, le pizzette. Non c'è neanche la coca, a farle sentire meno fame.

Non capisco, qualcosa non torna.

«Scusa, Claudia, ma se hai fame… perché non mangi?» le domando con tutta l'ingenuità che ho.

Lei ride, un suono basso e addolcito che fa il paio con quello di Maria, che prende parola. «Non funziona proprio così» mi dice con la leggerezza di chi sta spiegando la trama di un film visto al cinema.

Aspetta, ho perso un passaggio.

«Banalmente si crede che chi soffre di anoressia non senta i morsi della fame» spiega Claudia, stringendosi nelle spalle piccole. La guardo meglio: la sua pelle è quasi trasparente, l'estremo opposto dello spessore esagerato che si porta appresso Maria.

«La verità è che ho sempre fame» continua la bella ballerina. «Ma vince sempre la paura di quel che succederà al mio corpo se… boh, se mangio una pizzetta, o bevo una bevanda gassata, ed è strano perché non voglio più fare la modella, ma… scelgo comunque di rimanere affamata».

La spiegazione è così semplice che, per un secondo, mi annienta.

Guardo Maria.

«E tu? Stai bene qui davanti?».

La invidio.

Non so se sarei in grado di ostentare il suo stesso autocontrollo, davanti a una bottiglia di rosso.

Maria sospira, con rassegnazione. «Con il cibo devo imparare a convivere. Non mi spaventano i momenti in cui sono qui, in realtà. Il problema sarà dopo, quando sarò sola e potrò contare soltanto su di me per non perdere la bussola».

Sono due piccole verità che mi fanno capire una cosa: alla Rinascita, io sto bene. E forse, a rifletterci ancora meglio, sono davvero felice di essere qui. Quel momento di solitudine di cui ha appena parlato Maria lo prendo, lo accartoccio e lo chiudo in un cassetto segretissimo del mio cervello.

Preferisco concentrarmi su Claudia. La vedo in sofferenza, per me è una cattiveria che sia qui, davanti al cibo.

«Vogliamo allontanarci un po' dal buffet?» le domando. Ma lei scuote la testa, e per un po' è come se fosse da sola con il tavolo e il suo demone, il corpo teso verso il cibo e una resistenza strana, come una barriera a impedirle il passaggio.

«Scombussolerebbe del tutto la mia routine» dice, piano, con gli occhi di chi vorrebbe essere libera, ma non può disfarsi di se stessa.

Quando le prendo la mano, non sembra neanche accorgersene.

«Facciamo così: prendi una cosina piccola, e poi ce ne andiamo a passeggiare. Non devi decidere ora se mangiarla o meno, intanto la tieni con te e capiamo cosa succede se la mangi, cosa hai paura che succeda e cosa potrebbe non succedere» le suggerisco e qualcosa sembra fare breccia, Claudia mi guarda, guarda Maria che annuisce e che mi dà manforte. Decide di prendere un panino dolce con burro e prosciutto cotto, da piccola ne andava pazza. E poi si allontana con noi verso una panchina, il paninetto in mano come un piccolo tesoro.

«Sai, alle feste lo facevo spesso» racconta Claudia a Maria e a me. «Per non far vedere che non mangiavo mi riempivo il bicchiere di salatini e lo tenevo in mano tutta la sera».

Ripenso a Jessica. Guardo Claudia e adesso, nei confronti della mia ex amica, sento che se avessi avuto la metà dei mezzi che ho ora, grazie alle persone nella clinica, sarei stata in grado di aiutarla. Le nostre vite sarebbero diverse.

Il perdono non ripara quanto successo ieri ma getta le basi per il tuo domani.

Eccoli, la voce di Jenny e quello che devo fare: perdonare le mie mancanze e rendere il domani un giorno degno di essere vissuto.

«C'è da dire che tu le feste te le ricordi» sdrammatizzo.

È una battuta che apre un sorriso sulle labbra delle due ragazze. E anche sulle mie.

Maria scuote la testa, teatralmente e finta sconsolata.

«Ci saranno feste migliori, suvvia» dice.

«Iniziamo a rendere migliore questa» ribatto io.

Mi alzo, frugo le tasche dei pantaloni, estraggo il cellulare. In lontananza ci sono Paolo e Riccardo, quest'ultimo ha una piccola cassa bluetooth in mano.

«Proprio quello che cercavo!» esclamo.

«Per te questo e altro, mia padrona» fa il ruffiano lui. Sorride.

Evita di guardarlo troppo negli occhi.

«Noto che ti stai aprendo» continua Riccardo, indicando le ragazze con il mento.

«Noto che hai sempre un gran talento per gli affari altrui» lo canzono, ma nella mia voce colgo una nota diversa, calda come il sole primaverile.

Non distrarti, Giada.

Collego il cellulare alla cassa. Per un attimo mi torna in mente *Bring me to life*, ma poi viro sulla Carrà, mi ha sempre messo allegria e poi i suoi balletti sono un'istituzione.

Le note di *Fiesta* abbracciano il giardino e per un attimo non siamo tossici, i demoni li abbiamo davvero chiusi in camera. Balliamo con le braccia all'aria e quando arriva il momento di *Cacao meravigliao* guardo Claudia: le servono entrambe le mani, ha ancora il panino dolce in mano ma non lo butta, ne fa un sol boccone e poi si appoggia alle spalle mastodontiche di Paolo, seguita da Maria. Quand'è il mio turno mi accodo, e Riccardo dopo di me. Mette le sue mani sulle mie spalle e sento una carezza leggera, una strisciata lieve di pollice sul collo.

«Ben fatto, signorina» mi sussurra.

Qualcosa nel mio stomaco diventa leggera, impalpabile e svolazzante insieme.

***

Se dovessi pensare a una cotta non l'associerei d'istinto a un pensiero amoroso, ne farei più un discorso di ammirazione. All'Energy, per esempio, provavo ammirazione per Daniele Palizzi, il mio responsabile, una specie di incrocio tra la persona che non vorresti mai deludere e quella a cui desideri rimanere impressa. Daniele mi riempiva la testa con un sacco di discorsi motivazionali, incoraggiandomi a battere ogni mese il record di quello precedente. Lo trattavo con una sorta di reverenza timorosa, desideravo restituire a livello professionale e umano quello che mi dava.

«Sei brava, Giada, sarebbe un peccato non raggiungere il bonus, questo mese» diceva Daniele quando mi vedeva sottotono. Aveva occhi verdi che si riempivano di soddisfazione solo quando guardava me. O forse era una mia impressione.

Ho lavorato da Energy per più di un anno, e ogni giorno ero felice di andare in ufficio. Daniele era il nostro caposquadra, dirigeva un modesto team di tre persone: se stesso, me e Ilaria, la collega con cui si frequentava senza dirlo a nessuno e, soprattutto, credendo che nessuno lo sapesse.

«Dovreste uscire allo scoperto, siete una bella coppia» dicevo sempre a lei, elargendo grandi occhiolini.

«Sei pazza» era la risposta abituale di Ilaria. «Ma poi lavoriamo insieme, che imbarazzo… specialmente per te» scherzava lei dandomi una spintarella e ridendo di gusto. «Sai, qui in ufficio, a sbaciucchiarci tutto il tempo, gli occhi languidi, cose così».

«Sei pessima» concludevo io.

E così, in maniera periodica il copione si ripeteva, finché un giorno Ilaria non fece un'aggiunta: «Ma lo sai che il corriere ti sta puntando?».

Sì, lo sapevo. Tendevo a evitare le lunghe occhiate di Marco, il corriere, insieme con i suoi inviti a uscire, spesso e volentieri. Non perché non fosse bello, a modo suo, ma era quel tipo di persona molto dolce e molto premurosa, qualcuno che credevo prima o poi avrebbe respirato tutta l'aria attorno a me, soffocandomi di attenzioni. Insomma, era qualcuno per cui non avrei mai preso una cotta in senso amoroso.

Se successe quello che successe, lo devo al vino.

Capitava, dopo il lavoro, di andare a fare aperitivo. Un calice solo, massimo due; quello era quanto mi concedevo in presenza dei colleghi fin dall'episodio dell'assunzione, quello carico di vergogne che, grazie alle mie capacità di vendita e, di base, all'autocontrollo che mantenevo nelle occasioni di gruppo, ero riuscita a far classificare come qualcosa che nella vita non si sarebbe mai più ripetuto.

Quella volta Daniele offrì il primo giro, io il secondo e Ilaria il terzo. Tre giri davanti a quelli del lavoro era un evento raro, preferivo continuare in autonomia nella solitudine dell'appartamento che finalmente riuscivo a mantenere con le mie sole forze. Marco ci raggiunse poco dopo l'ultimo drink o meglio, quello che avevo deciso sarebbe stato l'ultimo.

«Un giro fatelo offrire anche a me!» esclamò, prendendo posto sulla sedia vicino alla mia. Non ci fu un vero saluto, giusto un sorriso e un occhiolino.

Non offrì solo quel giro.

Si presume che facendo uso quotidiano di alcol, si sviluppi una sorta di resistenza. Ecco, io l'avevo sviluppata, anche se forse non abbastanza, e in questo ero aiutata dai buffet mai troppo soddisfacenti dei posti in cui ci ritrovavamo per l'aperitivo. L'alcol a stomaco vuoto è sempre una cazzata, non importa quanto il tuo fisico sia diventato tollerante.

Il primo bacio che ho dato a Marco aveva il retrogusto del Montepulciano. Era bastato perdere di poco il controllo, allentare la presa su ogni buona ragione per non farlo. Forse perché Ilaria e Daniele erano così sereni, forse perché vederli tanto beati mi aveva messo addosso un po' di languida malinconia, ma insomma, non mi sentivo più molto gelosa riguardo l'aria attorno a me.

In realtà, non successe in qualche modo particolare: lui mi stava facendo vedere le foto di qualche vacanza in posti esotici e poi, semplicemente, ha teso il viso verso il mio in un momento d'audacia, una finestra aperta dall'alcol.

Mi dissi: *perché no?*

«Non mi aspettavo ricambiassi» furono le sue prime parole, dopo.

Per tutta risposta, ho riso. Allora Marco prese coraggio e mi baciò ancora.

Della nostra relazione non ho mai detto niente a nessuno, la tenevo segreta come il più vergognoso dei peccati, qualcosa che non troncavo un po' per inerzia e un po' perché, in fondo, non era una compagnia sgradevole. Marco era intelligente e affettuoso, potevo tollerare quella sorta di timore reverenziale che mi riservava vedendomi perfetta. Era bello che qualcuno mi vedesse a quel modo e un vanto per la mia armatura.

Siamo stati insieme relativamente poco, giusto qualche mese, il tempo che gli bastò a capire che c'era qualcosa che non andava e che la Giada presente a se stessa, a lavoro, era molto diversa dalla Giada rilassata che la sera

era capace di bere da sola una bottiglia di vino, sciogliendo la lingua in discussioni accese e più reali, i toni più acuti e un controllo che veniva meno man mano che aumentava la confidenza. Un quadro molto meno perfetto, a ben pensarci.

«Sei sicura che non stai esagerando?» chiese una volta Marco. Non riuscivamo a decidere quale film guardare in televisione, nell'attesa però scendeva il livello di rosso nella bottiglia.

«Non so. Sto esagerando, papà?» gli rigirai per tutta risposta. Ero andata via da casa dei miei, ero indipendente, una vincitrice, eppure percepivo già lo sguardo di lui che cambiava, che mi vedeva in modo diverso… come se avessi un problema.

Lui alzò le mani in segno di resa. «Non t'incazzare, lo dico per te» puntualizzò.

E quella fu la prima avvisaglia: qualcosa si stava incrinando.

Il secondo avviso arrivò senza annuncio circa un paio di settimane dopo: si chiamava Lorena ed era una bionda tutta gambe che prese posto in ufficio nella postazione accanto alla mia, nella squadra di Daniele. Si dice che una persona possa smuovere mari e monti, con la giusta dose di fiducia in se stessa. Ecco, Lorena sembrava incarnare appieno questo detto. In breve tempo doppiò i miei già buoni risultati e, con grande disappunto di Ilaria, sembrava voler doppiare anche i suoi nella vita privata del nostro team leader.

Come spesso accadeva, il modo migliore per distendere i nervi era berci su. Una sera di quelle, Marco era insieme a Ilaria e a me.

«A voi sembra ci stia provando con Dani?» chiese la mia collega.

«Ma no, cosa dici» provò a mettere una pezza Marco.

«Ovvio che ci sta provando» fu invece la mia risposta caustica. Qualcuno doveva pur dirle che la sua relazione era in pericolo, e il vino mi dava il giusto coraggio per farlo. «Non solo ci sta provando, ma lui ci sta pure» precisai.

Quando mi accompagnò a casa, Marco aveva qualcosa da dirmi: «Era necessario parlare in quel modo a Ilaria?» chiese.

«Qualcuno doveva esserle amica».

«C'è differenza tra un'amica e una stronza».

Sospirai, l'odore di rosso tra le labbra un po' tinte di viola.

«Scusa, è che ho bevuto un po'» provai ad andargli incontro, ma lui non aveva ancora finito.

«Mi piaci meno, quando bevi» disse.

Quando mi accompagnò a casa, non volle salire.

Fu così che arrivò la terza avvisaglia, che però non si limitò ad avvisare: seguì un silenzio radar di un paio di giorni che aumentò soltanto il mio nervosismo.

Come si permetteva, Marco, di ignorarmi? Dopo tutta la fatica fatta per stare con me, poi!

Fu durante uno degli aperitivi natalizi, che il mio nervosismo toccò vette altissime. All'evento prese parte anche Marco, invitato da Ilaria – probabilmente fu il tentativo di lei di sistemare la nostra non-relazione. Lui prese posto accanto a Daniele che, inspiegabilmente, si sedette vicino a Lorena, lontano da me e dalla sua compagna segreta. A detta sua, i capi non dovevano sapere della relazione con la mia collega e in quell'occasione erano tutti lì con noi.

Vedevo Ilaria, era triste e ignorata, ma così triste che per farla ridere non facevo altro che riempirle il bicchiere e dimenticai la buona regola di un calice, massimo due, il terzo se proprio si ha bisogno di un tocco d'audacia.

Quando l'alcol si mescola alla rabbia annebbia tutto, in particolar modo i ricordi. Dunque, proprio non rammento, davvero, come arrivai a dire quello che dissi lì, al tavolo, davanti a tutti. Si stava parlando di vendite, del report mensile che la bionda dalle belle gambe aveva consegnato con risultati brillanti, più dei miei. Daniele la lodava senza sosta davanti ai capi, più lo faceva e più Ilaria stava male e io mi sentivo professionalmente in pericolo. Marco che partecipava a quella gioia e si comportava come se non fossi lì, poi, mi dava proprio sui nervi. Stavo iniziando ad arrancare e sentivo che da un giorno all'altro avrei perso quello che avevo: lavoro, ragazzo, indipendenza, tutto.

«Le mie *Charlie's Angels*!» scherzò Daniele a un certo punto, rivolgendosi a noi, al suo terzetto di venditrici. «Cosa farei senza di voi?».

«Di sicuro scoperesti meno» dissi io.

Attorno al tavolo calò un silenzio gelato. Alcuni rimasero con il sorriso plastificato sulla faccia, altri – al più, i superiori – iniziarono a guardare nella direzione di Daniele.

Nessuno la buttò sul ridere, le mie colleghe mi guardarono interdetta mentre ordinavo un altro giro di bevande.

«È una faticaccia ma qualcuno deve farlo!» scherzò qualcun altro, di cui mi risulta estraneo ancora oggi il timbro della voce.

Era una situazione di puro imbarazzo e, più ero imbarazzata, più la mia gola si stringeva nella morsa dell'arsura. Ilaria, con una scusa, si alzò e se ne andò.

Il bruttissimo avvenne dopo, a casa, perché Marco decise di riaccompagnarmi ma suonava come una dichiarazione di guerra.

«Hai idea della pessima figura che hai fatto?» mi chiese, nel silenzio delle mie quattro mura.

«Le pessime figure si fanno quando ci si comporta da porci! Hai visto la faccia di Ilaria?» ribattei io, calcando pesante il passo verso il mobiletto dove conservavo le bottiglie di rosso.

«E quando ci si comporta da stronze alcolizzate? Lì che succede?».

Mi fermai a metà. Instabile e piccata, direzionai il mio sguardo e la rabbia sul povero corriere.

«Ripeti quello che hai detto, se hai coraggio».

«Stronza alcolizzata. L'unica figura pessima l'hai fatta tu».

Sentii le lacrime, salate e amarissime, bruciarmi gli occhi.

«Vaffanculo» fu l'unica cosa che riuscii a dire.

«E di corsa, pure. Sei ben lontana dalla Giada che credevo fossi» le ultime parole che mi rivolse Marco.

Per colpa della mia bravata, della mia lingua lunga, in ufficio iniziarono a spargersi delle voci. La mia battuta era stata tanto infelice quanto a doppio taglio, e così i colleghi iniziarono a vociferare che avessi una tresca con Daniele. Ilaria ci credette e non mi rivolse più la parola. Improvvisamente, a lavoro era un inferno, di quelli silenziosi e lenti. Non passò neanche un mese prima di essere convocata dalla direzione che, con estrema gentilezza, mi accompagnò alla porta dell'azienda.

Energy non era più posto per me.

CAPITOLO IX

Sorelle

Qui in clinica è passato un altro mese. Sono giorni tutti diversi, questi, giorni in cui sento che il rapporto con gli altri rinascenti – ci chiamiamo così, ormai, ne andiamo fieri – si sta cementando, sta diventando una vera e propria fratellanza. Per me è strano, io di sorella ne ho una, il nostro rapporto è un elastico: talvolta siamo così vicine da poterci quasi intrecciare, talvolta distanti al punto che tra di noi passerebbe un pianeta.

Comunque, dicevo, oggi è un giorno più diverso degli altri: è il mio compleanno. Ventitré anni.

«Come ti fa sentire?» chiede Jenny, dalla sua poltroncina.

Non mi fa regali, sarebbe poco professionale, ma mi ha scaldato il cuore con un sorriso larghissimo.

Alla sua domanda ci penso, a lungo.

«Come chi desidera un futuro diverso» è la mia risposta.

«Be', ci stai lavorando» concede la psicologa. «A breve sarai pronta per uscire. Lo sai, vero?».

Il pensiero, mi rendo conto, non mi rende felice come dovrei. Trattengo il fiato, dalla mia bocca non esce una parola.

«Ti innervosisce la cosa?» è la domanda puntuale di Jenny.

«Sì» ammetto. Ammettere le proprie debolezze è importante, ci ho lavorato tanto. Sono fiera di quello che ho detto. «È difficile tornare in un mondo a cui senti di non appartenere».

La dottoressa annuisce. Non mi sta dando ragione, prende mentalmente nota delle mie parole, prima di dire la sua. È un atteggiamento che ho imparato a conoscere, con il tempo. «La clinica, Giada, è un punto di ripartenza. Confida in quello che hai imparato qui, sulla tua capacità di stupire te stessa. Il nostro percorso, in ogni caso, continuerà anche fuori».

Sono, queste ultime, parole che mi rasserenano.

«Puoi andare» dice in ultimo Jenny.

Controllo l'orologio. «Dottoressa, è presto».

Annuisce.

«Lo so, ma hai visite».

Mi chiedo chi possa essere, il pensiero vola subito ai miei genitori ma è difficile, lavorano troppo e troppe ore al giorno. Mi hanno già videochiamata, con la promessa di festeggiare in modo appropriato al mio ritorno.

Percorro il tragitto che mi riporta nel giardino della festicciola, quella dove per la prima volta sono riuscita ad aiutare qualcuno anziché danneggiare me stessa, e lo trovo accessibile. Il tavolo è imbandito in maniera meno sontuosa dell'altra volta, riconosco nella cassa bluetooth il passaggio di Riccardo. Non abbiamo avuto altro contatto, dopo la carezza che mi ha fatto sentire le farfalle. Di certo, però, quando lo vedo sento sulla pelle la sensazione calda del suo dito e ogni forma di sarcasmo nei suoi confronti deve farsi spazio attraverso una fessura sempre più piccola, per uscire.

Riccardo, ad ogni modo, non è lontano. Sta parlando con due figure che mi danno le spalle.

«Oh, eccola! Auguri, festeggiata!» esclama, quando si rende conto della mia presenza.

Rimango di stucco.

«Ambra!».

Le braccia di mia sorella si stringono attorno alle mie spalle in una morsa di ferro che vuole dire tantissime, troppe cose. Ora siamo l'elastico che si arrotola su se stesso.

Mia sorella ha il carattere simile a quello di papà anche se è più espansiva, però quando non dice niente le sue azioni parlano per lei. Non è riservata come me, ci mette pochissimo a entrare in contatto con il mio gruppo. Come se avesse studiato su un manuale apposito, non pone domande indiscrete, è solare e tutti sembrano a loro agio in sua presenza. Racconta della nostra infanzia e in un attimo tutti ci immaginano a Carnevale, vestite uguali, da principesse, la mia mano in quella di Ambra e lei che non mi lascia andare.

«Mi seguiva ovunque!» racconta mia sorella, mentre con un gesto armonico prende il bicchiere di succo di frutta che il fidanzato le è andato a prendere con devozione e diligenza. «Da piccola Giada era la mia ombra; dovevate vederla, tutta caparbia, quando riusciva a salire con me sulle giostre dei ragazzi più grandi. Io la tenevo strettissima, avevo sempre paura si facesse male».

«Una vera sorella premurosa!» si scioglie Davide, mentre gli altri mi lanciano qualche occhiata qua e là, cercando forse di far combaciare il ritratto che fa di me Ambra con la persona che vedono loro tutti i giorni.

«Premurosa per forza! Se la facevo tornare a casa con un graffio, poi chi la sentiva nostra madre!».

E giù, tutti a ridere.

Di nuovo, il braccio di Ambra sulle mie spalle.

«Sono davvero fiera del percorso che sta facendo» dice, lo fa come se si stesse togliendo un sassolino dalla scarpa o qualcosa che le era rimasto a lungo sulla punta della lingua. Da socialmente esperta qual è, attende il momento opportuno, giusto prima della torta, per prendermi in disparte.

«Senti, non è un vero regalo…» inizia. Sento già la commozione premere dietro i miei occhi, vuole uscire come un fiume in piena, e io mi chiedo dove siano state le mie emozioni, fino a qualche tempo fa.

Ambra caccia una busta bianca, di quelle spesse che sembra carta di Amalfi. Dentro ci sono tre polaroid dall'aria vecchia, e capisco che è passata a casa. «Le ho scelte con mamma e papà» mi informa.

Quelle foto sono tutto ciò che scopro mancarmi.

La prima foto è del nostro cane, Leo, un esempio di amore incondizionato. Ai cani non importa quanto tu beva, loro sono felici per il solo fatto di essere amati e di poter amare a loro volta. La spontaneità con cui ti danno tutto, di loro, fa venire voglia di essere migliori; la seconda è una foto dei miei genitori da giovani, sotto un arco romantico si baciano come in uno dei quadri che mi piaceva da ragazzina. Il loro è quel tipo di amore che spero di trovare anche io, un giorno, un amore così grande da superare ogni difficoltà, due cuori che si avvicinano di più nei tempi avversi, conservando quel grado di vicinanza anche quando la tempesta passa. Nonostante le loro differenze, i miei sono complementari al punto da fare tesoro di ogni spigolo. Sono un esempio. La terza foto, invece, ritrae me e mia sorella. Siamo piccole, nel bosco ci teniamo per mano e io sono ancora tutta pulita; è quel giorno famoso della gita con papà, di quand'eravamo uscite di casa linde e pinte e io sono tornata tutta sporca di fango. Tengo stretta a me Ambra, nella polaroid, e anche se non ricordo benissimo quel momento preciso, la sensazione che provo mi investe con la forza di un'onda anomala. Sono protetta, amata, sostenuta.

Nonostante tutti i miei errori, nonostante tutte le nostre diversità, adesso lo so che la mia famiglia, la mia gente, non mi abbandonerà mai; che i rapporti si tendono ma non si spezzano. Come l'elastico, maggiore è la distanza e più determinata la forza del ritorno.

***

"Se c'è qualcuno approva più degli altri la mia scelta di ricoverarmi alla Rinascita, dottoressa, quel qualcuno è Ambra, per questo la sua visita è il regalo più prezioso che potessi ricevere.

Dopo l'incidente, a dispetto delle condizioni dell'auto, ciò che mi ha veramente devastata è stato vedere l'espressione stravolta e impaurita sul volto di mia sorella. Non nell'immediato, no, per guardarmi bene in viso lei è dovuta risalire da Roma, dove vive e lavora.

«Qualcosa deve cambiare» ha detto quando ci siamo viste a casa. «Non puoi farmi morire di crepacuore, e se continui così un giorno o l'altro ti perderò».

Sa qual è la verità, Jenny?

Che quando ti fai, quando bevi, ogni decisione sembra sempre solo tua. Quando vogliamo negare l'esistenza degli altri, diciamo che a loro non frega niente, di noi, che potremmo scomparire e non se ne accorgerebbero nemmeno. Ci illudiamo che la dipendenza sopperisca una solitudine che però è comodo sentire, perché se non ci fosse dovremmo costringerci ad affrontare la vita nella sua pienezza, con quei colori così forti che a volte spaventano nel bene, ma soprattutto nel male. Vedere, quel giorno, l'espressione terrorizzata di Ambra, è stata una delle più grandi chiamate alla responsabilità che abbia mai avuto.

Lei non è mamma, o papà. È mia sorella, e le sorelle non sono persone da cercare di non deludere, sono quei commilitoni che affrontano le battaglie insieme a te, con cui sopravvivi nella stessa trincea. Con Ambra non c'è mai stata competizione, ma ammetto invece di aver provato una bruciante sensazione di essere stata lasciata indietro, quando ha deciso di trasferirsi. I suoi traguardi, lei ha deciso di raggiungerli senza di me, dandomi le spalle mentre qui iniziavo a intraprendere la mia strana, alcolica e rocambolesca vita. Tutte le discussioni con i nostri genitori, la severità di mamma e lo sguardo serio di papà, le ho affrontate come una figlia unica, perché lei aveva deciso di tendere l'elastico fino a metà dello Stivale, come se in un certo senso dovesse seminarci.

Qualcosa, di me, ha visto in questa separazione una sorta di tradimento. Un tradimento approvato dai miei genitori, peraltro, così fieri della figlia emigrata che, senza accorgersene, mi hanno fatto male. Non soltanto approvando questa lontananza, ma soprattutto rendendo la cosa così speciale da far sembrare banale la scelta di rimanere, i miei traguardi resi inesistenti dalla mia sola presenza in territorio veneto. E poiché ora sono consapevole che non ci sono colpe ma soltanto una percezione diversa di quel che mi succede intorno, non posso escludere di aver fatto scontare ad Ambra il peso delle mie scelte. In fondo, siamo nate con le stesse possibilità.

Riflettendo, l'elastico l'ho teso io chiudendomi nel silenzio, e non lei trovando la sua vita in un altro posto.

Ho capito di non vivere bene le separazioni, dottoressa, ma da quando sono qui ho realizzato che per quanti chilometri uno voglia metterci nel mezzo, non si è mai davvero lontani da una persona se non lo si vuole con il cuore.

Il potere della Rinascita, forse, sta proprio qui: ci riallinea, non soltanto con la nostra anima ma a anche con i satelliti preziosi che ci gravitano attorno."

CAPITOLO X

La strada del cuore

«Vado via domani» mi dice Riccardo di punto in bianco mentre fumiamo la solita sigaretta, dopo la seduta di gruppo.

Qualcosa sotto i miei piedi si sgretola, ma cerco di mantenere la lucidità abbastanza a lungo da ostentare un'espressione sorpresa e lieta insieme.

Ci sono un sacco di cose che vorrei chiedergli, prima di tutto se anche lui sente la leggerezza che provo io quando è nelle vicinanze o mi sfiora. Ormai, sfiorarsi è diventata abitudine: una mano tra le scapole per farmi passare avanti quando facciamo la fila per il pranzo, le mie dita che cercano le sue insieme all'accendino. Sono tutti momenti piccoli, attimi che combattono poi con la voglia di prenderlo a schiaffi che mi viene quando fa il saccente e l'arrogante, sebbene sia sicura che quel prurito non sia soltanto per spirito di contraddizione.

Tutto questo come lo scoprirò, se lui se ne va?

«Sono contenta per te!» gli dico. Inghiotto il bolo amaro e mi preparo mentalmente a fare la conta di chi rimane, chi tra i miei nuovi amici sarà con me fino alla fine del percorso. Ormai, mancano un paio di settimane.

«Tutto qui?» mi dice Riccardo, sfinando sulla bocca il suo sorrisino sghembo. Come se fosse cosciente del fatto che ci sia della brace, sotto la cenere che mostro.

«Cosa vuoi sentirti dire?» chiedo, più brusca di avevo immaginato la domanda nella mia testa.

«Che mi cercherai» è la risposta, limpida e semplice.

«Mamma mia, Riccardo, il tuo ego è davvero sconfinato!».

Astio.

Da dove viene, tutto questo astio?

Sto aspettando una risposta sagace, acidula al punto da farmi innervosire. Sarebbe tutto così semplice, terminare la cosa in qualche battuta urticante, così com'è iniziata. Invece no, invece Riccardo mi prende il polso e mi tira a sé, le sue braccia mi circondano nel primo vero contatto che abbiamo da quando ci siamo conosciuti. Nella lucidità mi rendo conto di ogni istante: le mie mani che si aggrappano alle sue scapole e il viso che si alza per incontrare il suo.

Ci baciamo.

È un bacio proibito, non è prudente per due pazienti della clinica intrattenere rapporti così intimi. Eppure, c'è qualcosa di elettrizzante e ogni colpo nel mio stomaco scopro che è una farfalla pronta a spiccare il volo. Mi rendo conto – o meglio, lo ammetto – che di questo ragazzo mi piace tutto, persino l'odore, qualcosa che nell'assenza di alcol posso ricordare e tenere con me. Prendo il mio tempo per saggiare la consistenza della sua schiena, le costole tra le mie braccia e la sensazione ispida di barba attorno alla bocca. È un bacio che graffia, eppure sento che vibra dentro di me con intensità nuova. Se sia perché non sto bevendo o perché davvero lui mi dà questa sensazione che avverto come impareggiabile, è qualcosa che ora come ora non sono disposta a chiedermi. Mi godo l'attimo, felice del momento psicologico in cui lo sto vivendo.

Quando recuperiamo le nostre distanze, ciondolo appena un po' con il capo.

«Io invece volevo dirti proprio questo» sussurra sulle mie labbra, e io mi sento morbida ed elastica, noto come aderiscono bene i nostri corpi l'uno contro l'altro.

«…non credevo si potesse fare» mormoro.

So per certo che non si può fare, corregge la mia testa.

«Qui, in questo istante, no» conviene Riccardo, ma lo dice con il suo tono furbo, di chi al problema conserva già la soluzione nel taschino della giacca. «Ma tra poco uscirai anche tu, e allora saremo liberi di vivere come riterremo giusto».

Mi chiedo dove sarei, adesso, se non ci fosse stato Riccardo, chissà se il mio percorso alla Rinascita avrebbe seguito lo stesso iter, se sarei stata comunque capace di integrarmi e fare amicizia, accettando insieme alle storie degli altri anche la mia.

Resto tra le sue braccia ancora per qualche momento, a contemplare la vaga eterocromia di quegli occhi sorridenti. La sigaretta mi è caduta per terra e non ho ancora intenzione di raccoglierla. Quel ricciolino di fumo che sale rappresenta la mia anima leggera.

Trascorriamo il pomeriggio insieme, in maniera non dissimile dagli altri giorni. Stiamo con gli altri, lui riceve qualche pacca sulla spalla in più perché ce l'ha fatta, uscirà dalla clinica in modo nuovo, con consapevolezze più solide.

E me, ricapitolo mentalmente.

Riccardo non sembra mai allontanarsi troppo, se mi sposto io mi segue con lo sguardo. Gli rispondo con un paio di linguacce.

Quando arriva la sera, ceniamo tutti insieme come una piccola famiglia, pronta a salutare chi sta andando via. Scopro che, insieme a lui, anche Davide ha fatto la valigia. Rispetto alla prima volta che l'ho visto, settimane addietro, sembra diverso: le guance sono più rimpolpate e anche il suo modo di sedere è diverso, composto e dritto, da padrone. Le labbra, belle tese in un sorriso orgoglioso, gli fanno due angolini tendenti verso l'alto.

«È il mio momento di tornare nel mondo» dice, fiero di sé. «Ma davvero, ve lo dico: mi sentirete spesso. Non vi lascio, anzi: dobbiamo fare una bella chat di gruppo in cui tenere conto dei nostri progressi!».

«Sai già dove andare?» gli chiedo.

«A Genova, vicino al mare. Ho degli amici, lì, che sono puliti, e non voglio più stare in un ambiente nocivo. Non mi va di avere a disposizione il mio veleno» ci racconta, tra un boccone e l'altro.

«E tu? Che ne farai, del resto della tua vita?» è la domanda di Claudia a Riccardo, che ha il tono sognante di chi, a propria volta, non vede l'ora di andare a riprendere il controllo della propria esistenza.

«Io? Ah be', io non ho intenzione di andare così lontano» le risponde lui, lanciandole uno sguardo che si protrae a lungo e non posso dire mi piaccia. È qualcosa di nuovo, caldo come una promessa.

Mi dà fastidio.

Claudia arrossisce, e sento che la nuvola piacevole che mi ha cullato fino a ora sta iniziando a dissolversi.

Gelosia? Sei tu?

«Tornerò a lavorare con i mei, comunque» continua Riccardo. «Cercherò di stare lontano dalle cattive abitudini, ma non voglio fare come il nostro Davide e diventare un eremita. Qui viviamo in una bolla ma la vita vera è tutta lì fuori, e io voglio vedere cos'è capace di riservarmi». Tiene gli occhi fissi su Claudia, sulla sua figura dannatamente esile, e poi piano, li riporta su di me, come un calibrato gioco di attenzioni, come quando tieni il piede in due scarpe.

Calma, Giada, è la paranoia che parla per te.

«Chiamami, mi raccomando!» sono le parole scherzose di Claudia, che però al mio orecchio sanno di dichiarazione di guerra. A che gioco sta giocando?

Riccardo, coccolato nell'ego, caccia su il sorriso da micione. «Ci puoi scommettere!» esclama, prima di versare un altro bicchiere di Coca-cola.

Mi sento improvvisamente inadeguata, quanto successo nel pomeriggio si è dissolto in poche frasi e la sensazione di essere di troppo. Per la prima volta dopo tanto vorrei un bicchiere di vino, ma poi mi dico che la prova è tutta qui: *come gestisci, Giada, i tuoi sentimenti senza l'alcol?*

La battutaccia al tavolo dell'Energy ancora me la ricordo. Ora sono diversa, sono lucida e posso sorridere a tutti quanti mentre mi alzo in piedi e metto le posate nel piatto.

«Ragazzi, scusate. Torno subito».

***

Ho trascorso la serata – l'ultima serata che Riccardo ha passato alla Rinascita – chiusa in camera mia. Mi sono resa conto che senza l'alcol sono molto meno coraggiosa di quanto pensassi, la spigliatezza nel dire o fare certe cose è venuta meno quando l'istinto mi ha suggerito di proteggere il mio territorio, o me stessa.

Così, eccomi di buon mattino nello studio di Jenny a contemplare le sue piante, il solito silenzio che precede la chiacchiera e la psicologa che con gli occhi mi chiede cos'è che mi ha fatto piombare qui così presto, con il bisogno impellente di dire qualcosa e la lingua che si arrotola sul palato quand'è il momento di mettere in parole i miei sentimenti.

«Non so da dove cominciare» le dico, tanto per riempire il vuoto tra noi. Sono sicura che una parte di lei stia ancora sbadigliando.

«Prova dal tuo stato d'animo» suggerisce.

«Sono inquieta».

«E cos'è che ti rende così inquieta?».

«Ci sono sentimenti di cui non so venire a capo» le spiego. «Prima, quando bevevo, era tutto molto più facile, si ignoravano o si affogavano. Ma adesso non ho più la bottiglia a mio sostegno. Sono spaesata, dottoressa».

«E il sentimento di cui stiamo parlando, è…?».

«La gelosia».

Passa un altro momento di silenzio in cui la psicologa segna qualcosa sul suo blocchetto, gli occhi percorrono la strada d'inchiostro tracciata dalla penna e poi si rialzano dal foglio, di nuovo su di me.

«Temo che dovrai essere più specifica» mi dice.

Reprimo qualche battuta sarcastica, ho deciso di non abbandonarmi più a quest'arma di difesa – ormai sono cosciente che lo sia. Piuttosto, prendo un bel respiro e cerco di scavarmi dentro, dritta al cuore delle mie emozioni.

«Vorrei saper affrontare la gelosia come una persona normale. Vorrei sapere prendere l'oggetto del mio sentimento e poterne parlare, ma ho paura che facendolo si allontani da me. È già successo, in passato, che rovinassi tutto per motivi stupidi».

«Hai detto una cosa importante, che racchiude perfettamente il concetto di gelosia» spiega Jenny dopo qualche altro momento di silenzio tattico. «La gelosia non è altro che paura, poca sicurezza in te stessa che riversi su chi ti sta accanto. Facendolo, è un po' come se accorciassi il laccio di un guinzaglio. Spesso, però, invece di tenere vicine le persone, queste scelgono di tagliare quel laccio. La domanda, ora come ora, è: perché le persone dovrebbero allontanarsi da te?».

Fatico a trovare la risposta, o meglio: una risposta. Ce ne sono così tante ad affollarsi nella mia testa.

«Perché sono un'alcolista» è la prima che le dico, la più facile, quella che potrebbe essere la risposta universale alle mie domande e non sarebbe mai sbagliata. Ma per Jenny è lo è.

«L'alcol è un problema che tu hai creato per risolvere i problemi» mi fa presente. «Può essere anche il motivo per cui hai perso delle persone, ma non è alla base della tua insicurezza».

Allora taccio, ci rifletto, scavo.

«Perché ho paura che la persona che sono, senza alcol, possa non piacere. In un certo senso, possa non bastare. Forse non sono così interessante, non saprei…».

Ancora scarabocchi sul foglio. La psicologa mi riserva poi uno sguardo lungo. Ancora non mi chiede se ci sia o meno qualche situazione attuale capace di scatenare questa mia paranoia.

«Ti senti fragile in questo momento, Giada?» domanda.

Scuoto la testa. «No, se devo essere sincera mi sento lucida, forte. Non credevo che l'avrei mai detto, ma questo periodo senza alcol mi ha fatto bene. Sono più in contatto con me stessa, per questo tutto questo sentire, nel mio intimo, mi fa… paura, ecco».

C'è qualcosa, nello sguardo di Jenny, che non mi convince. Una sorta di disappunto quando ho parlato della mia forza, ma non voglio mentirle, mi sento davvero più viva, in controllo.

«Io credo che dovresti dare una possibilità, a questa te che sta cercando di emergere, e che dovresti dare una possibilità anche alle sue paure. Non posso dirti se gli altri si allontaneranno o meno, ma posso dirti che fa parte della vita perdere persone e accoglierne di nuove. La tua gelosia traduce una paura di non essere all'altezza della situazione, ma guarda nel tuo passato e nota che tutte le volte in cui hai perso qualcosa c'era l'alcol, di mezzo. Perché non dai una possibilità a questa giovane donna che cerca di fare capolino, mh?».

«…perché potrebbe fallire, e non so come reggerebbe il fallimento, ora come ora».

Il sorriso di Jenny si addolcisce, il capo ciondola qualche istante, il tempo di un sospiro. «Il fallimento fa parte della vita e spesso insegna molto più del successo. Anzi, ti aiuta ad apprezzarlo di più quando finalmente arriva il suo momento. Se dovesse succedere, non guardare un fiasco come una tragedia ma come un'occasione di crescita. Pensi di poterlo fare?».

Medito, rifletto.

Posso mettere a tacere le mie paure su Riccardo per vivere quello che potrebbe esserci tra noi, una volta usciti?

«Posso provarci, sì».

Esco dallo studio della psicologa giusto in tempo: Riccardo sta salutando tutti, davanti alla Rinascita un tassista sta caricando le sue cose, pronto a riportarlo a casa sua. Quando mi vede, il volto gli si illumina.

«Ehi, tu» mi dice, apre il sorriso e le braccia.

Ho mentito, prima: non sono in controllo. Non controllo le mie gambe che aumentano il passo fino a correre, né le braccia che gli si saldano al collo, o l'ebbrezza leggera che mi dà sentire il suo odore. Gli lascio un bacio lungo sulle labbra e lui ricambia, saldandomi al suo petto.

Ci guardano tutti e davvero, non me ne importa niente.

«Aspettami» sussurro.

«Ci puoi contare».

CAPITOLO XI

Rimettersi in gioco

«Come ti senti?».

«Tranquilla».

È una bugia, Jenny lo sa.

Nel pomeriggio verrà a prendermi la mia famiglia, tutti quanti, festeggeremo il giorno delle mie dimissioni con una cena. Gli ultimi giorni alla Rinascita, senza Riccardo, sono passati come in un villaggio turistico, quando la cotta estiva parte prima di te lasciandoti disorientata e con molto tempo libero.

Il mio tempo libero, però, l'ho passato a pensare a tutti tranne che a me. Ho provato a ritardare questo momento e a tratti, ora che sono proprio sulla soglia opposta a quella da cui sono entrata, ci provo ancora. Ho calmato le crisi di Claudia, sostenuto Maria ormai prossima all'intervento, parlato a lungo con Paolo, che forse più degli altri mi capisce e che ogni giorno, ormai, mi dice che se avrò mai bisogno, lui per me ci sarà sempre.

«Si può dire che siamo una famigliola anche noi» dice, e quando lo fa sento di essere appoggiata, qualsiasi cosa succeda.

Devo chiudere la mia valigia ma ho la sensazione che ci sia sempre qualcosa di più importante da fare. La verità è che lasciare la Rinascita, vivere il domani, casa mia, Riccardo, è tutto così maledettamente troppo, per me. Non so se questa è l'eccitazione prima del salto o la paura. Vorrei capirlo prima di trovarmi fuori dalla clinica, di nuovo nel mondo reale.

Jenny, tra tutti, è la persona più difficile da lasciare.

E pensare che il nostro rapporto ha dovuto sciogliere tutti i nodi stretti dalla mia diffidenza.

«Lo sai che puoi sempre chiamarmi, vero?» domanda la psicologa con un sorriso addolcito. Forse neanche lei vuole lasciarmi andare, chissà.

«Prevedi che avrò bisogno di te tanto presto?» le chiedo, cercando di sembrare solida. Il pensiero del mondo, lì fuori, imbastisce parte della mia corazza.

«Sarebbe strano se tu non ne avessi» dice lei. «Non è che si finisce con la terapia soltanto perché il tuo tempo qui è scaduto» mi informa. Questo pensiero in parte mi tranquillizza.

«Coraggio, dimmi cosa c'è» insiste Jenny.

«Qui ho imparato tanto, ma non mi hai mai detto come si fa a dire di no».

Jenny sospira, raddrizza le gambe per sporgersi un po' di più verso di me.

«Strano ma vero, Giada, qui non ti insegniamo a dire no, quello sta a te. Qui hai imparato qualcosa di più su te stessa e su come si innescano certe dinamiche. Sei arrivata senza sapere la storia vera della tua dipendenza e l'hai ricostruita. La Rinascita ti ha fornito tutta una serie di armi che si concretizza nell'apertura verso il prossimo, nell'ascolto dell'altro e di te stessa. Non c'è un trucco magico per smettere di bere, non c'è una parola mistica… c'è però la tua forza di volontà».

Il mio sconforto dev'essere evidente, perché la dottoressa continua: «Guarda in poco tempo cosa sei riuscita a ottenere: gli altri ti vedono come un punto di riferimento, sei solare e sei allegra, molto più di quando sei arrivata qui. Tutto questo l'hai fatto senza l'alcol, senza armature. Questa sei tu, sobria. Credi che valga qualche bottiglia di vino?».

Ha parlato con tono dolce, sento un prurito strano dietro agli occhi e sul naso. Vorrei piangere di commozione perché quelle che ha speso Jenny per me sono parole bellissime.

«Non voglio tornare indietro» mormoro.

«Vorrei poterti promettere che non accadrà, ma la verità è che dipende da te».

«Mi viene in mente un altro pensiero, per restare lucida» dico.

Il cenno morbido della testa di Jenny mi spinge a continuare e così, per l'ultima volta alla Rinascita, mi apro.

***

La sera dell'incidente, quella in cui ho distrutto la mia macchina rischiando di uccidere qualcuno, avevo ordinato due bottiglie di vino. Mi ero detta di bere soltanto un po', prima di uscire di casa, così da avere anche qualcosa da portare al casolare dove i miei amici avevano organizzato la festa. Storia tristemente nota, alla fine le due bottiglie le avevo finite da sola, prima di fiondarmi in macchina e iniziare la mia pazza corsa sulle note di *Bring me to life*.

Ricordo che il mio pensiero fisso, mentre acceleravo nell'auto, era la brevità della vita, la sensazione di viverla in una gabbia troppo stretta. Una gabbia che – adesso lo so – è stata costruita ad arte dalle mie stesse mani. Quello che non ho detto mai a nessuno, dottoressa, neanche ai miei, era il perché di quella sensazione. Non è stata soltanto imprudenza, la voglia di vivere un week-end senza freni, la gioia esagerata del venerdì sera. Quella sera, nel mio piccolo mondo, qualcosa è successo, di altrettanto piccolo ma forte come in quelle storie dove raccontano che il battito d'ali di una farfalla è capace di causare un maremoto. Non ci ho mai creduto, finché gli effetti di quel maremoto non mi hanno portata qui.

Andando con ordine: avevo fatto la doccia e bevuto il mio bicchiere di vino, quello che speravo rimanesse singolo, solo, fino al momento della convivialità; stavo provando dei vestiti quando è successo, quando il telefono ha notificato l'arrivo di un messaggio: *guarda che Roberto c'è, stasera. Fatti bella.*

Che ansia, dottoressa. Se mi chiede chi è, questo Roberto, neanche glielo so dire, con certezza. Un amico di amici, visto durante una serata come tante, qualche commento stupido sulla qualità della compagnia e pochi sguardi languidi per far volare l'immaginazione su quanto saremmo stati perfetti, insieme.

Fatti bella, mi hanno detto.

Con la mente pulita posso dirle che è stata una cazzata, che avrei dovuto reagire in modo diverso, spostare indietro i capelli in un gesto da diva e sentirmi quasi offesa da quella raccomandazione così insulsa. *Fatti bella*, c'era bisogno di dirlo?

Quella sera, però, non ero pulita, la mia mente non era così lucida. Quel messaggio aveva aperto le ostilità: ero in guerra, la mia personale e sempiterna, con la Giada nella mia testa, quella che si supponeva dovessi essere e che invece non mi sentivo. Per arrivare ai livelli di quella Giada lì, avevo bisogno dell'armatura. Ma lo sa lei, dottoressa, quant'è pesante portare l'armatura anche il venerdì sera?

Capisce, ne avevo bisogno, dovevo fare colpo. Non perché mi interessasse davvero questo Roberto tanto chiacchierato o perché tra le carni vivessi chissà quale languore romantico che quella sera, la sera del disastro, avevo deciso di nutrire, no: ci si aspettava che facessi colpo. Era un po' come andare a scuola, alle interrogazioni programmate; lì, se non studi, puoi prendertela solo con te.

Condurre una guerra solitaria con te stessa ha un unico grande pregio, che è anche la massima fregatura: le regole le detti tu. Se stabilisci che è lecito bere due bottiglie invece di una, allora non c'è imbroglio. Così, ho scelto: una carezza per ogni soddisfazione e un bicchiere per ogni carezza.

La piega ben fatta e le unghie curate erano due carezze concesse a me stessa. Il giusto intimo, un'altra carezza. Poi ho scomposto le carezze dedicate all'abbigliamento, o sarebbero state troppo poche. L'atteggiamento, poi, era da bacio accademico, meritava un abbraccio.

Prima di entrare in auto ero così leggera che mi pareva di avere addosso un'armatura ultimo modello, quelle che ci sono ma di cui non senti la presenza addosso. Ero protetta da tutto il peso delle aspettative che sentivo riposte addosso a me. Ero libera anche di sbagliare, di dire qualcosa fuori posto e poter fare una figura dubbia, perché l'avrei fatto con lo stesso grado d'innocenza dei bambini, quando dicono la verità nel momento meno opportuno e tu ridi, perché come fai ad arrabbiarti con un bambino? Sarei stata me stessa nella versione più innocente, non di certo come la Giada sgraziata a cui ha dato un ceffone il papà perché era lercia nel bagno di casa. No, sarei stata leggera ma giusta, forse solo un po' più sfacciata, com'era successo con lo staff di Energy, come succede quando l'alcol ti scioglie la lingua, abbassa le barriere e ti rende una persona che potresti definire vera. O magari, bella.

Al termine della mia preparazione, a esser bella lo ero, eccome. Sono entrata in auto con la fretta di arrivare e il bisogno di accorciare: tempi, distanze, tutto. Mi sono scattata un selfie, prima di uscire, ricordo di aver pensato: *ora Roberto lo faccio morire dalla voglia.*

Per poco non sono morta io.

CAPITOLO XII

Il tempo che corre

«Ma va' là, mamma, di che ti preoccupi?».

Cerco di scrutare il viso di mia madre, mentre riempio la valigia. Niente di enorme, la misura giusta per il finesettimana. Posso immaginare il suo sguardo che si allarma mentre mi vede riporre tra i jeans un vestito carino, di quelli che non si mettono per fare la turista.

«Hai intenzione di far serata?» chiede, e già intreccia le braccia sotto il seno, il peso tutto da un lato e la spalla poggiata allo stipite della porta come se dovesse reggerlo, o farmi da muro.

«Ma sì, metti che si va a cena che faccio, vado in tuta?». Smetto di fare quello che sto facendo. Con gli occhi, tento di farle capire che sedersi in un ristorante tra amici non è l'equivalente di tornare a casa strisciando sui gomiti, ma non è convinta.

«E con chi vai?» continua l'interrogatorio.

«Riccardo, mamma, era in clinica con me. Ambra lo conosce» dico, appellandomi all'aura santissima di mia sorella, alla tranquillità che pronunciare il suo nome instilla nella mia genitrice. E infatti, il risultato si vede quasi subito: la piega della bocca si rilassa, le spalle sembrano ammorbidite, anche se di pochissimo.

Sono passate due settimane dal mio rientro a casa e, per il momento, vivo ancora con i miei. Non perché voglia bere ma perché desidero dar loro un po' di serenità, far vedere la versione di me attiva e spontanea che è emersa in clinica. Da quando sono tornata non c'è vino a tavola, mio padre non sistema neanche più i bicchieri vicino a quelli dell'acqua. È come se insieme a me anche la mia famiglia avesse deciso di dare un colpo di spugna al veleno, e se questo da un certo punto di vista mi fa sentire un pizzico in colpa, dall'altro mi commuove perché so quant'è faticoso rinunciare alle proprie abitudini. Penso che questo sostegno silenzioso sia in un diamante da custodire, grezzo come i miei genitori che senza manifesti né fronzoli, senza sbracciarsi in grandi gesti o discorsi da film, insomma senza platealità, fanno ciò che è più pratico per risolvere un problema.

No, non risolvere un problema, mi correggo, *starmi vicino*.

Della Rinascita, questa sorta di sostegno silenzioso è quello che mi manca di più. Lì eravamo consapevoli, grazie alla terapia condivisa, dei nervi che facevano scattare le nostre voglie e, come equilibristi, ci muovevamo su quei nervi badando a come calibrare il peso, come immettere la giusta dose di presenza e un controllo reciproco e costante.

I miei – specialmente mia madre, ma solo perché è quella che parla di più – hanno ancora da imparare la delicatezza che solo una persona con dipendenze può riservare a qualcuno che combatte la sua stessa lotta, ma è innegabile che ci stiano mettendo tutto l'impegno che riescono a dedicarmi.

Mi dico che andare via, andare tre giorni lontana da casa, farà bene anche a loro, li aiuterà ad allentare un po' la presa sull'attenzione costante che mi riservano.

E poi, voglio vedere Riccardo.

Sono curiosa di capire cosa ne sarà di noi, una volta fuori. Sento già il carico delle aspettative che mi si stringe addosso come una collana, fa più e più giri.

Riccardo non mi chiama mai, ma scrive un sacco. Poco nella chat di gruppo con gli altri del centro, più in privato, a me sola – la cosa, lo ammetto, non mi dispiace del tutto.

Abbiamo pensato di regalarci un week-end a Roma, la città eterna. Ci vedremo in stazione, abbiamo prenotato dei treni che arrivano a orari abbastanza ravvicinati. Roma l'ho scelta io, mi ricorda un po' la prima volta che ho incontrato Riccardo: è pungente ed entra subito nel vivo. Non c'è un posto, lì, che sia libero dalla bellezza incontrastata della storia, ti ci ritrovi dentro e non sai neanche com'è successo, che strada hai preso per trovarti, all'improvviso, davanti alla fontana di Trevi. Ecco, con Riccardo è stato così: cos'è successo ancora non lo so, ma eccoci a inviarci messaggi, foto, note vocali che la sera finiscono nello schiocco di un bacio. Ci sono finita dentro e neanche so dire in che modo, un po' come con l'alcol.

Chissà se forse, un giorno, dovrò fare un percorso anche per capire questo sto pensando quando mia madre mi riporta al presente. È già finito il momento di beatitudine, dovrò trovare un'altra scusa per evocare il nome di mia sorella, ma per fortuna lo fa lei

«Ambra, comunque, non mi ha parlato di nessun Riccardo» obietta di nuovo.

«Be', magari voleva lo facessi io».

«E ti piace?».

«Ma che domanda è» ridacchio, questo discorso non è affatto da noi.

«Voglio dire, cosa pensi che potreste diventare, nel tempo?».

Non si fida. Adesso, per lei, sono in una fase delicatissima, quella in cui devo stare tranquilla e ricostruire pian piano la mia vita, un tassello per volta: casa, i miei, poi vivere da sola e cercare un lavoro.

Puoi chiamare Jenny quando vuoi, ogni volta che ti senti sopraffatta, mi dico. E insomma, un ragazzo in questo piano di rinascita non sembra essere contemplato e io lo so, lo sento che mia madre, tra le righe, sta cercando di dirmi proprio questo. Rievoco l'esperienza nello studio di Jenny e so cosa sta succedendo. Per un attimo ho di nuovo quattordici anni e sto scegliendo le superiori, all'appello manca soltanto papà. Questa volta però sono pronta, ho fatto terapia apposta: non posso assecondare il volere di mia madre ponendolo sopra al mio.

«Non lo so, mamma, cosa potremmo diventare. Ma se non ci provo sicuramente non lo saprò mai» le rifilo, e poi chiudo la valigia. «Fammi andare, altrimenti perdo il treno».

Le faccio un occhiolino che, nel modo che ho di comunicare con i miei significa "andrà tutto bene, sono in controllo, puoi fidarti". Non le do un bacio perché queste dolcezze, tra noi, sono poco contemplate, ma con un battito di ciglia è come se gliene avessi dati venti. Mia madre, controvoglia, mi fa spazio e passo sotto la porta. Devo sbrigarmi: la strada verso la patente è lunga e dunque mi toccano i mezzi. Non posso fare tardi.

Quando salgo sul treno avviso Riccardo, lui è partito poco tempo prima, siamo entrambi in viaggio verso un nuovo pezzetto del nostro futuro. Vorrei raccontargli del dialogo con mia madre, ma non mi piace il pensiero che lui possa farsi un'idea sbagliata di lei, poi. Lo scrivo a Maria, le dico tutto come a un diario segreto.

Fagli una foto, così vediamo che è ancora vivo, mi scrive. Non ci è rimasta benissimo della sparizione di Riccardo, mi riprometto di parlargliene. E poi aggiunge: *comunque, non vorrei che la vostra fosse una relazione prematura, ma avremo modo di discuterne. Passate un bel finesettimana e fai attenzione. Se hai bisogno, scrivi.*

Eccoli, quei nervi scoperti su cui Maria danza come se non avesse peso. Sto pensando al modo speciale che abbiamo di comunicare, lei e io, di dirci ogni cosa, ma il treno dondola con dolcezza e mi ricorda un po' quel sonno imbevuto di Aglianico, quando rende la testa leggera e le palpebre pesantissime.

Mi scuote il controllore mentre il treno si immette nella stazione Termini con estenuante lentezza. È una specie di mollezza che benedico, perché il sonno è stato profondo e quando mi sveglio ancora devo capire che ci faccio sul treno.

Poi ricordo.

Sono qui è il messaggio di Riccardo a cui non ho risposto, è di circa mezz'ora fa.

Ora arrivo anche io, scrivo.

L'appuntamento è davanti al McDonald's. Sono talmente nervosa che stringo il borsone tanto forte che credo potrei inglobarlo nel costato. *Così dev'essere una cotta*, penso, *bruciante come un'ulcera*.

Aspetto, mi alzo sulle punte, lo cerco tra la folla ma non lo vedo.

«Ciao, nuova arrivata».

Il saluto mi costringe a voltarmi. Riccardo si è tagliato i capelli e la barba è cresciuta, quasi non lo riconosco. Sembra un uovo. Qualcosa in me si raffredda.

***

A casa mia, cerco di capire cos'è successo. È lunedì ma nel mio mondo attuale, quello in cui non ho un lavoro, questa mattina conserva la pigrizia del giorno di Natale, quand'è tutto chiuso e senti un po' che non hai nulla da fare né come impiegare il tempo. Vorrei telefonare a Jenny e parlarle del mio finesettimana come avrei fatto alla Rinascita in un giorno di terapia regolare, ma poi ricordo che forse non è una buona idea, forse Jenny si unirebbe a Maria – e sotto sotto, anche a mia madre – nel dire che una relazione, ora come ora e specialmente con Riccardo, proprio non è una cosa buona.

Così, scrivo, secondo quella tecnica che mi è stata insegnata per raccogliere tutti i pensieri.

***

"Baciare quel nuovo Riccardo, così pulito e inodore, è stato un po' come provare qualcosa per la prima volta e non averci un'idea chiara a riguardo. Ti dici di farlo ancora, e così è andata per tutto il finesettimana. È strano, questo Riccardo qui, diverso da quello a cui sono abituata, più impacciato mentre cerca la mia bocca per metterci sopra la sua.

«Non mi racconti niente?» mi ha chiesto poco dopo il nostro arrivo, di fronte al mio silenzio imbottito di Big Mac.

«Tutto quello che c'è da sapere, tu lo sai» gli ho risposto, priva di frecce al mio arco, senza un argomento da poter condividere. Ho detto a me stessa che si trattava solo della situazione: aria nuova, città diversa. Mi sono chiesta di cosa si dovrebbe parlare visto che, sentendoci tutti i giorni, più o meno si sapeva già tutto.

Così ha parlato lui: «A lavoro con i miei tutto bene, la cosa che mi dà fastidio è che mi sento sorvegliato a vista, come se fossi a Guantanamo con loro come miei speciali carcerieri. Stanno sempre a chiedermi dove vado e cosa faccio, chi frequento. Quasi mi viene da emigrare, raggiungere Davide non ricordo neanche dove, a fare l'eremita».

«A Genova» ho completato io.

«Già, hai ragione» un cenno del capo e un occhiolino.

Forse è tutta questa barba, a renderlo meno sensuale, ho pensato mentre lo vedevo mangiare con la voracità di chi non vede un pezzo di carne da mesi. È una questione di pelle, qualcosa in questo Riccardo agitato mi mette a disagio, mentre passa e ripassa le mani sulla testa rasata.

«Ti piace?».

«Cosa?».

«Non hai commentato il taglio. L'ho fatto prima di partire» ha detto.

«Che vuoi sentirti dire?» ho chiesto, seguendo un copione noto che, però, ha tolto le ali alle farfalle nel mio stomaco.

«Be', almeno che sto bene!».

«Sei diverso, mi ci devo abituare».

Era diverso, sì. Quand'ha finito il suo panino è arrivato il turno delle mie patatine.

«Maria dice di farsi sentire» ho ricordato.

«Vero, sì, devo scrivere agli altri da tantissimi giorni. Che vuoi che ti dica, Giada, ho avuto attenzioni solo per te». Un occhiolino.

Il primo giorno a Roma è stato frenetico e frettoloso. A stento ho avuto il tempo di scattare qualche foto, Riccardo era attivo come una pila, un'energia che non gli ho mai visto in clinica, unita a un ego che invece sì, avevo visto, ma che per l'occasione sembrava vestire un abito decisamente ingombrante.

La serata è stata caotica quanto il pomeriggio. Vai in albergo, lavati, vestiti, pronti per la sera. Non ci ho capito niente. Per ora di cena Riccardo pareva essersi ricomposto, in parte. La qualità delle domande è cambiata.

«Come ti trovi fuori dalla Rinascita?».

Mi sono stretta nelle spalle, priva di risposta. «Bene» ho detto «anche se mi mancano i ragazzi».

«Vuoi dire che ti manca la rete».

«Sì, in un certo senso lì mi sentivo protetta».

«Non è esatto». Riccardo ha incurvato la bocca in un sorriso dei suoi, saccente. «Lì ti sentivi libera dalle tentazioni, perché non ce n'erano» ha detto. «E scommetto che non ce ne sono neanche a casa dei tuoi».

«Be', non sarebbe stato di supporto» gli ho fatto notare.

«Ed esci poco».

«Esco quando ho voglia» ho risposto, prima di passare al contrattacco – sì, mi sentivo attaccata, all'improvviso, senza un vero motivo.

«A te non manca la clinica?».

Lui si è stretto nelle spalle. «No. Gli altri li ricordo con piacere, e il percorso mi ha davvero reso una persona migliore, capace di fare le sue scelte. Devo molto alla Rinascita, ma ora sono tornato nel mondo».

«E che vorresti dire?».

«Che devo adattarmi alle situazioni che si mi si presentano davanti e agire secondo coscienza, signorina».

Tutto e niente, ecco cos'era quella risposta. Non significava niente.

Dov'era il ragazzo che, tra una sigaretta e una provocazione, mi aveva aiutata ad ambientarmi in clinica? L'avevo cercato tutto il giorno senza vederlo, chiedendomi se non fosse il caso di ascoltare il mio freddo interiore e tornare a casa.

Ho pensato di fuggire nel tempo impiegato a mangiare il dolce e godere di una visione notturna del Foro, ci ho pensato anche troppo e, quando siamo tornati in albergo, era già tardi.

Riccardo mi ha baciata, io l'ho baciato. Abbiamo avuto un rapporto in pochi suoni sommessi. Lui si è dato, io mi sono concentrata sulla la consistenza della sua pelle che sembrava cambiare sotto i miei polpastrelli, da leggermente ruvida per via della peluria a quella morbidezza che assumono i corpi durante l'amplesso, quando sono inumiditi dal sudore.

Io non ho sudato o meglio, non quanto lui. Dovevo ricordarmi di muovere il bacino a tempo, però. Con la testa non c'ero: prima mi chiedevo se fosse davvero così, il sesso da sobri, poi se era così perché lui non era più lui o ancora, forse, se in questo percorso alla ricerca di me non avessi appena scoperto che il sesso non era cosa mia.

Ho appuntato nella mente di parlarne con Maria, un giorno o l'altro. O magari, Jenny. Sì, meglio Jenny.

Alcune persone, dopo, chiedono se ti è piaciuto. Per fortuna Riccardo non l'ha fatto, anzi, tra l'orgasmo e l'andata in bagno ho avuto quasi l'impressione di non esserci. Si è sfilato da sotto le lenzuola e ha preso il suo borsello.

Ma che diamine ci fa, una persona, in bagno col borsello? è stata la mia domanda.

E poi l'acqua.

Ho sentito un sacco di acqua scorrere, per tantissimo tempo.

Si starà lavando, ho pensato. *Ed è okay, ma devo fare pipì.*

Sono i casi della vita che ti portano a scoperte inaspettate.

«Riccardo» ho chiamato. Nessuna risposta, l'acqua ancora scorreva.

Mi sono avvicinata alla porta, ho bussato.

Nessuna risposta.

Mi sono abbassata per guardare dallo spioncino. Avevo la visuale sul lavandino laddove avrebbe dovuto esserci la schiena di Riccardo: ci sono rimasta male.

Il giorno dopo ho affrontato l'argomento.

«Senti» l'ho chiamato, mano nella mano davanti al Colosseo. «Tiri ancora, vero?».

Lui si è stretto nelle spalle. Tirato in viso, teso; la notte sembrava posseduto da un'anguilla, non credevo infatti che avesse dormito chissà quanto anche se aveva voglia di fare tantissime cose, era attivo.

«Qualche volta, quando ho voglia» ha detto, come se gli avessi chiesto… non saprei, se gli era mai capitato di prendere l'autobus invece della metropolitana.

Mi sono allarmata.

«Ma scusa, e il percorso?».

Riccardo ha ricercato il mio sguardo come se non avesse capito bene. «È stato utilissimo. Perché?».

Ero scioccata.

«Perché ti sei fatto una striscia nel bagno della nostra camera!».

«Sssh, non alzare la voce» mi ha ammonita. Una risata morbida e addolcita, come se avesse appena ripreso una bambina. «Mica lo faccio sempre» si è giustificato. «Ogni tanto, quando ho voglia» ha ripetuto.

«Tale e quale a prima» è stata la mia puntualizzazione.

«Ti sbagli» ha detto lui invece, più fermo. «Ora sono io, a controllare la situazione. Non mi sanguina più il naso a lavoro. Se so controllarlo, posso conviverci. Posso fare come Maria».

«Maria ha un problema col cibo» gli ho ricordato, lapidaria. «Non è che vai molto lontano, senza mangiare».

«Mamma mia, Giada, quanto sei pesante!» è sbottato lui. «Credi che debba essere come Davide, che scappa dalla sua casa? O come te, che ti rifugi dai tuoi perché hai paura di tornare a stare sotto l'alcol?».

Mi sono sentita punta nel vivo.

«Come ti permetti di…».

«Giudicare?» mi ha interrotta lui. «Che c'è, brucia quando qualcuno fa quello che hai fatto pure tu?». Non ha alzato la voce. Forse, se l'avesse fatto, sarebbe stato meno brutto. Avrebbe tagliato meno. «La verità, Giada, è che ti sei adagiata un po' troppo sul "tutti insieme nella stessa barca". Siamo tossici, ma non siamo tossici allo stesso modo. Io so chi sono, adesso, ho la situazione in mano e la controllo. Sei tu quella che non sa neanche dove stanno di casa le emozioni. Non prendertela con me se ti cachi sotto di un goccetto, ogni tanto».

A ben pensare, il mio week-end romano non è durato molto. È stato un attimo di piatta esistenza, scandito soltanto dallo schiocco violento della mia mano sulla guancia di Riccardo e la corsa, direzione Termini, verso il primo treno che mi portasse a casa.

Perché aveva ragione: in questo viaggio alla scoperta di me stessa, bere mi fa paura. E adesso, anche lui".

CAPITOLO XIII

Redimersi

Maria ascolta tutto il mio racconto arrotolando una ciocca di capelli attorno al dito.

Riccardo sta provando a chiamarmi senza sosta da tre giorni, telefonate a cui io non rispondo e che sono di contorno a messaggi di scuse lasciati a macerare nella chat del telefono.

In videochiamata, il viso della mia amica è arrabbiatissimo, qualcosa in me si arrotola e si restringe perché so che, quando prova questo tipo di emozioni, a Maria si apre lo stomaco. Così facendo aggiungo un livello di difficoltà alla sua lotta.

Sei egoista, Giada, mi rimprovero.

«Al tuo posto, altro che schiaffo» borbotta lei. Dice così e io posso immaginarla, empatica abbastanza da mettersi al mio posto. Se potesse farsi carico delle mie emozioni e liberarmi lo farebbe, per questo le voglio così bene. Pensare questo aumenta il mio senso di colpa ma io, sola, con qualcuno dovevo parlare. Maria non è mia madre che, con l'allarme negli occhi, mi guarda rincasare prima dal viaggio e parlare poco. Non si spaventa, lei, questi sono tutti mostri che ci hanno allenato a combattere.

«Allora» la incalzo. «Cosa ne pensi, a parte l'ovvio?».

«Che è un idiota» mi risponde lei, prontamente. Non ci siamo, non è quello che voglio sapere.

«Idiozia a parte… secondo te ha ragione?».

«Giada, ma ci stai anche a riflettere?» mi riprende. «Sa di essere un deficiente e non vuole affondare da solo. Critica tanto Davide senza capire che la sua è stata una scelta più che coraggiosa».

Deve esserci qualcosa, nella mia espressione, che mi ha tradita. O forse è il mio silenzio, carico di domande.

È stato davvero coraggio? Fuggire, staccare tutto, ricominciare.

«Che hai?».

Scuoto la testa. «Niente» minimizzo. «È che in fondo, sai… chi siamo noi per giudicare le scelte altrui?» le chiedo, meno retorica di quanto potrebbe sembrare.

«Forse una ricaduta è il prezzo che si paga quando si sceglie di restare nella propria vita. Siamo tutti tossici, no? Tutti abbiamo una dipendenza che ci accomuna».

«Ognuno è padrone delle sue scelte senza mettere in dubbio quelle altrui» sentenzia Maria, dal manuale del tossico in riabilitazione.

«Be', ma sta chiedendo scusa».

«E ti basta?».

«Non lo so, ma è già qualcosa» confesso.

«Spiegati meglio» mi invita lei.

Esito.

«È segno che qualcosa, del nostro Riccardo, ancora c'è. Che non si è perso del tutto. Forse ha solo bisogno che qualcuno gli ricordi quant'è stato difficile il suo percorso e quant'è facile, invece, gettarlo alle ortiche».

Stavolta è Maria, a essere dubbiosa. «In teoria, il nostro percorso prevede prendere distanza dalle persone che ci fanno male. Sei tornata da poco a casa, stai con i tuoi, cerchi lavoro: non permettere che i tuoi sentimenti per Riccardo ti allontanino dal tuo obiettivo, che è stare bene». Pausa. «Senti…» mormora.

«Dimmi».

«Perché non ne parli con Jenny?».

Scuoto la testa. «Non me la sento».

«E perché?».

«Non lo so, cioè… è privato».

«Hai paura che ti sgridi?» domanda Maria.

Annuisco.

«È una psicologa, mica tua madre. Non può dirti come vivere, può ascoltarti e chiederti cosa puoi farci con i problemi che hai».

Lo so che quello che dice Maria ha senso ma qualcosa, in me, si rifiuta di condividere questo… io, Riccardo, e la paura fottuta che ho di ricadere nel vizio, dopo la nostra gita a Roma.

«Comunque» continua la mia amica. «Devo dirti una cosa».

La sua faccia è tutta un programma: diventa tesa, gli occhi sembrano brillare di luce propria.

Capisco al volo.

«Quando ti operi?».

«Tra due settimane» mi dice, anche se è più uno squittio di gioia, che un po' è anche la mia, di riflesso.

«Maria, è meraviglioso!» esclamo, contenta.

«Te la sentiresti di venire con me?» chiede, subito dopo.

«La riduzione dello stomaco, anche se non sembrerebbe, è un intervento impegnativo e i primi giorni saranno un po' fiacchi. Mi farebbe piacere avere il supporto di un'amica».

So bene quanto Maria abbia faticato per arrivare a questo punto, e quanto le costi chiedere un aiuto senza tentare di fare tutto da sola.

Che abbia scelto proprio me mi riempie di orgoglio e mi fa voler bene mille volte di più a questa splendida ragazza. Mi rendo conto che, come alla Rinascita, sono davvero felice quando posso essere d'aiuto al prossimo. Se il prossimo poi mi è così vicino al cuore, scoppio di gioia.

«Ne sarei onorata» rispondo, prima di chiudere la telefonata.

La notizia dell'operazione di Maria mi lascia felice fino all'ora di cena. Del mio rinnovato buonumore sembrano accorgersene anche mamma e papà, così racconto loro cosa mi ha chiesto la mia amica.

«È una bella responsabilità» commenta mia madre.

È un sorriso, quello? Mi chiedo guadandola quasi di nascosto. Cerca di mantenersi disinvolta, ma è emozionata.

«Evidentemente si fida» dice papà. Un occhiolino nascosto, la fierezza sotto i baffi.

So cosa sta succedendo e, in effetti, fierezza e soddisfazione hanno colto anche me. Scopro che è bello dedicarsi alla vita delle persone care e sono contenta che questo l'abbia scoperto grazie all'animo gentile di Maria. Dopo cena, il mio telefilm al computer viene interrotto dallo squillo del cellulare.

È Riccardo: *Sei ancora arrabbiata con me? :(*

La mia risposta, stavolta, non si fa attendere: *No, ma non mi è piaciuto il giudizio che hai dato riguardo a me o ai nostri amici. O forse, solo miei.*

Cerco di essere gentile ma ferma. Ovvio, poteva uscirmi meglio: a una seconda lettura del testo, noto che non sono riuscita a trattenere l'acidità.

Riccardo però non si lascia scoraggiare: *Hai ragione, sono stato un coglione. Non avrei dovuto dire niente di quello che ho detto, le tue scelte sono solo tue. Mi manchi, Giada. Ho bisogno di vederti, ci sono alcune cose che credo a entrambi sia utile capire.*

Per esempio? Gli chiedo io

Io e te. Noi.

Poche parole ma che mi toccano più di come abbia potuto fare lui mentre facevamo l'amore nell'hotel di Roma. Non ci sono farfalle e non c'è aspettativa, c'è solo la consapevolezza che in un modo o nell'altro, Riccardo e io siamo legati. Abbiamo condiviso ricordi, momenti, e se lui non ci fosse stato per me, alla Rinascita, con il suo spronarmi travestito da provocazione, forse ora sarei ancora a un punto morto del mio percorso.

E se fosse un grido d'aiuto? mi chiedo.

C'è poco da fare. A dispetto di tutto, Riccardo è ancora una cosa mia.

Prendo il telefono e gli scrivo: *Possiamo organizzarci, sì.*

Non voglio leggere altri messaggi, per questo poso il telefono a schermo in giù, non prima di aver indugiato sul numero di Jenny, però. Forse ha ragione Maria, forse dovrei parlarle. In fondo, ha detto che ci sarebbe sempre stata, che potevo continuare la terapia insieme a lei.

Eppure c'è questa reticenza, che ho, che mi impedisce di fare il passo. Non voglio condividere con lei i giorni con Riccardo, non voglio confessarle di quanto sia così vicina a sbagliare. Sento l'errore che mi tira la manica della maglia, cerco di ignorarlo.

Ho sete.

***

"Stasera voglio distrarmi, e per farlo intendo scrivere di redenzione. Quando bevi, quando ti droghi, quando hai una dipendenza da cibo o una qualsiasi altra dipendenza e per combatterlo intraprendi un percorso di rinascita, a molti – anzi, a quasi tutti – sembrerà più un atto di scuse verso il mondo, che un tentativo di salvare te stesso. Cresciamo con il luogo comune che associa la cattiveria non al problema, ma a chi ne soffre. Gli alcolisti sono brutte persone, i drogati venderebbero persino la mamma, per una dose; chi è troppo magro o troppo grasso è un accentratore, si tratta solo di una richiesta d'attenzioni. Quante ne ho sentite, di queste frasi, prima di capire che parlavano di me.

Oggi si confonde la vittima con il problema, dunque nemico non è più la sostanza di cui sei succube, ma tu per primo diventi un pericolo. Per gli altri, ovvio, perché la dipendenza viene trattata come una scelta, un male perpetrato deliberatamente a danno di chi ti sta intorno.

È inevitabile che oltre che dipendente da qualcosa, tu sia anche egoista.

Ecco, voglio spiegare come funziona. Voglio spiegare che quando entri in un circolo vizioso, quando sei vittima di una sostanza è inevitabile alterare lo stile della vita e quello delle relazioni, spesso impoverendoli entrambi. La verità però, è che per quanti danni tu possa fare, per quante persone tu possa ferire mentre sei a una bassa percentuale di autocoscienza, quelle stesse persone che millantano danni irreparabili non ne usciranno mai danneggiate come te, che sei il tuo inizio e la tua fine.

E sì, ho usato la parola vittima.

Lo confesso, di esser vittima di me stessa e delle mie azioni, perché sono arrivata al punto in cui l'alcol si è mescolato all'anima, oltre che al sangue. Dovrei cercare di perdonare ogni caduta travestita da carezza ma non so come fare, come meritare questa benedetta redenzione. Vorrei chiedermi scusa, ma non so ancora in che modo.

Tutti gli altri, invece, sembrano avere le risposte in tasca e, tra le mani, qualcosa con cui assolverti. Per questo è così facile, quando sei in remissione, cercare il perdono tra le braccia altrui, provare a sistemare i danni che hai causato perché così puoi illuderti di non ripeterli più. E invece… invece ha ragione Jenny, quando dice che se rompi qualcosa, puoi solo usare l'esperienza per evitare di rompere altro.

A ben pensare, disintossicarsi ha sulle persone l'effetto di una richiesta di perdono scritta su uno striscione portato in aria da un aereo. Come se la riabilitazione fosse una specie di tappa obbligatoria, tipo carcere, per rispondere a chissà quale crimine è stato perpetrato. Dico davvero: andare in clinica innesca meraviglia più in chi ti sta intorno – e per tutti i motivi sbagliati – che in te, ben consapevole che se deve esserci, una redenzione, questa è soprattutto verso la persona che guardi ogni giorno allo specchio. Già, proprio quella che non sai come perdonare.

Per quanto possa aver fatto preoccupare la mia famiglia, per quanto possa sentirmi colpevole di questa cosa, niente di ciò che avrei mai potuto fare loro varrà la metà delle scuse che devo a Giada, al mio corpo martoriato dallo stress e innaffiato di ogni cosa che non gli ha fatto bene.

Redimermi vuol dire avere cura delle mie ferite, per una volta trattarmi da vittima quale sono. Riconoscere che la volontà di non bere potrebbe soccombere alle mie debolezze. E forse questo mi fa talmente paura che non voglio pensarci.

A volte vorrei essere come Riccardo e vivere credendo nell'assenza di peccato. Altre, invece, mi chiedo se indagare il mio cuore alla ricerca dei sentimenti che credo di provare non sia un viaggio verso il perdono, qualcosa che dovrei condividere con lui, per salvarci entrambi.

In fondo, la capacità di amare non è forse il primo passo verso la salvezza?"

CAPITOLO XIV

Un terreno scivoloso

«Ho bisogno di vederti».

La voce di Riccardo è più che decisa. Sono le prime parole che mi dice quando gli rispondo al telefono. È passata una settimana dalla videochiamata con Maria, ho impiegato questo tempo concentrata nel non cadere in errore e, insieme, a cercare di comprendere la logica di Riccardo, anche se ho messo in chiaro che, almeno per questo periodo improvvisamente così complesso, non reputo una buona idea stare insieme. Mi è sembrato un ottimo compromesso per stargli vicino e rimanere sobria, specialmente ora che sto per riappropriarmi del mio appartamento e che l'operazione della mia amica è così vicina.

È lei che merita la tua assistenza, mi dice la voce saggia nella testa.

È strana, la saggezza, non credevo mi appartenesse, e invece.

«Giada» mi chiama Riccardo, la sua voce che rimbomba dal microfono. «L'hai capito, quello che ti ho detto?».

Vorrei dirgli di sì, che ho capito quello che ha detto ma che lui, essendo lui, è una specie di esperienza da viversi un pezzettino per volta, almeno finché non sarò così sicura di me da non far attecchire le sue provocazioni.

Sempre la parola giusta al posto giusto, nel bene e nel male. Questo è Riccardo, e la verità è che vicino a lui mi sento in pericolo. Eppure, allo stesso tempo, qualcosa mi impedisce di abbandonarlo.

«Oh, sto parlando con te!».

Mi scuoto.

«Ehi. Sì, ho capito. Non penso sia una buona idea».

«E perché mai?».

«Non lo so, Riccardo, forse non mi va di discutere come abbiamo fatto a Roma, che pensi?».

«Non discuteremo, te lo prometto».

«Come fai a dirlo?» gli domando. Sotto il palmo della mano sento ancora il calore dello schiaffo che gli ho dato prima di scappare in direzione Termini.

È il suo turno di prendersi una pausa dal telefono. Attimi interminabili in cui mi chiedo cos'è che mi tiene ancora attaccata a lui, perché non riesco a negarmi per intero anche se non sento tutta questa voglia di starci insieme.

E poi mi rispondo: spirito di contraddizione. Dimostrargli che ha un problema, dimostrargli che ce la sto facendo, dimostrarmi che con un po' d'aiuto può essere ancora il Riccardo della Rinascita.

«Prometto che non ti farò bere un goccio, che non cercherò neanche di convincerti che puoi sostenerlo, quel goccio. Ti lascio in pace, alle prese con il tuo percorso. Ma è successo qualcosa a Roma, tra noi, e ho avuto la sensazione che non fosse così come ce lo aspettavamo. Ecco, Giada, non voglio arrendermi a quella sensazione».

Sono parole che indubbiamente ho piacere a sentire, che confermano di non essere stata l'unica a viversi quel week-end in maniera monca, spezzata tra la sorpresa dell'indifferenza e la consapevolezza che qualcosa, fuori dalla clinica, cambia in modo radicale.

«Fammici pensare» cerco di prendere tempo.

«Pensaci in settimana. Domenica vengo dalle tue parti».

«E dove pensi di stare?».

«Dipenderà da te».

«Non dipende proprio da niente. Lunedì si opera Maria, devo stare lì e non voglio distrazioni». La voce esce giù dura, severa. Sono fiera di me, che per una volta do priorità alle persone giuste.

«Lunedì sarai da Maria, te lo prometto».

«Non ti ho detto di sì».

«Non hai detto neanche che non vuoi vedermi».

Perché non so cosa voglio, Riccardo, vorrei dire. Ma le parole mi si incollano tra i denti.

La settimana passa in maniera talmente silenziosa che una parte di me si illude che la conversazione con Riccardo non sia mai esistita. Lui scrive almeno una volta al giorno, ma non fa menzione alla nostra telefonata. Io a volte gli rispondo, altre lascio che le spunte blu parlino al posto mio, un "non so che dirti" brutto da scrivere.

Adesso, è tutto un grande "non so".

Ho cose più importanti con cui fare i conti: mi riapproprio di casa mia.

Ci rientro con passi timidi in compagnia di mia madre. Lei, con la scusa di mettere in ordine, toglie ogni bottiglia piena o vuota che trova; insieme cambiamo le lenzuola e rinfreschiamo l'ambiente con i detersivi al muschio bianco. Quando abbiamo finito, sembra che nessuna Giada ci abbia mai messo piede, la mia reggia è pronta per una vita nuova. Nel frigo, verdure fresche di stagione al posto del vino in cartone.

«Sicura che vuoi stare sola?» chiede la mamma. Ha preso coraggio e adesso è un po' più diretta nelle domande che fa, anche se il sottotesto rimane sempre: preferirei che stessi a casa con noi.

La mia risposta si accompagna al sorriso più rassicurante che ho: «Prima o poi devo ricominciare, ma se resti a cena sono contenta».

La cena non è diversa da tutte le altre cene, è solo che sa di saluto perché tornando a vivere da sola si apre una fase nuova della mia riabilitazione. Faccio tantissime cose – cucino, lavo i piatti, convinco la mamma a guardare un film – per ritardare il momento del distacco, quello in cui sono destinata a rimanere insieme ai ricordi senza qualcuno a farmi da salvagente. Quando succede, apro tutte le finestre e accendo una sigaretta, fumandola sul divano.

Penso.

L'ultima volta che sono stata qui, era la volta in cui sarei potuta morire.

Vorrei potermi chiedere cosa ci avessi, nella testa, ma purtroppo lo so.

La notte passa con gli spettri delle mie cazzate, ogni angolo dell'appartamento è un posto in cui ho poggiato un bicchiere. La sensazione di nuova vita si mischia a quella di essere in un luogo non mio. Ricordo e mi assale un po' di vergogna.

Vorrei chiamare Jenny.

Cos'è che mi trattiene dal farlo?

Perché ho la sensazione che cercarla possa significare che non ho la forza di andare avanti?

Perché dovresti dirle di Riccardo, e la cosa ti fa paura. La norma e il giudizio fanno paura.

Spengo la sigaretta e immagino di schiacciare insieme a lei ogni voce nella mia testa.

***

La domenica arriva e con lei anche Riccardo.

Le telefonate iniziano dalla mattina presto, mentre scandaglio i siti di collocamento alla ricerca di un lavoro. Ho elaborato un piano secondo cui mi concedo di andarci a cena e basta. Non voglio abbandonarlo ma neanche rimanerne succube, mi rifiuto di dargli la giornata intera per scuotermi e parlarmi del suo nuovo, bizzarro equilibrio al punto tale da tentarmi, perché ogni volta che ci penso mi tornano in mente le le bottiglie in frigo, il loro posto occupato dalle verdure.

Se devo dire cos'è che mi attrae verso questo Riccardo post clinica, non lo so. Forse è solo una questione di principio, voglio conferme dopo quanto successo a Roma, qualcosa che mi dica che devo rassegnarmi, non è chi pensavo fosse. O forse è solo che è impossibile vivere determinate esperienze senza sentirsi indissolubilmente legati, e non riesco – non voglio – tagliare il cordone che mi tiene a lui.

Attieniti al piano e tutto andrà bene, mi dico. Una cena e basta nel ristorante vicino casa, perché non ho l'auto.

Poi, dove andrà a dormire sono fatti suoi.

Quando gli comunico il programma, Riccardo sembra un po' reticente.

«Che hai da fare, tutto il giorno?» domanda.

«Caro mio, non sai che per chi non ha stipendio la ricerca stessa del lavoro è essa stessa il lavoro?».

«E non puoi farlo domani?».

«Domani sono con Maria» gli ricordo.

«Proprio non mi rendi le cose facili, vero?».

«Non capisco che intendi».

«Mi stai facendo scontare Roma».

Sbuffo. Non pensavo che l'ora della verità sarebbe arrivata al telefono.

«Non ti nascondo che quella di Roma è stata un'esperienza che mi ha turbata molto, per lo stato mentale in cui sono. Certo, mi ha turbato di più sapere che tu non solo non sei sulla mia stessa barca, ma probabilmente neanche nel mio stesso mare».

«Ciò non significa che le nostre rotte non possano convergere, a un certo punto».

Sollevo le spalle, ma ovviamente lui questo non lo vede.

Percepisce solo il silenzio.

Poi parlo: «Ci vediamo stasera, dai».

CAPITOLO XV

L'elefante

Domenica sera.

Casa mia è avvolta nel buio, quando esco. Chiudo persiane, finestre, tutto. Fa parte del messaggio di impermeabilità che voglio lanciare, desidero fondermi con la porta serrata in due mandate.

Il mio outfit non è dei più eleganti, apposta cerco di non metterci troppo impegno: un jeans, scarpe da ginnastica, la maglietta dei Ramones e una giacca in ecopelle; poco trucco sul viso. Voglio dare a Riccardo l'impressione di un cambio di rotta fin dal primo sguardo, voglio dire: non mi sono preparata per te, hai visto? Non vali neanche un dubbio davanti allo specchio, figuriamoci un bicchiere di vino.

Quando ci vediamo davanti al ristorante mi stupisce, ha lo sguardo luminoso e presente, gli occhi eterocromi hanno attenzione solo per la mia persona.

«Sei bellissima» dice.

Sorrido.

Maledizione, è più forte di me.

Lui ha sempre la solita, nuova e non più nuova testa rasata ma stavolta ha lasciato solo un filo di barba e, in questo, è più simile al Riccardo della mia testa, quello di cui credevo di potermi fidare. Rispetto a Roma non sembra poi così accelerato, anzi: la calma regna sovrana, i modi sono quelli che ricordo: un po' spavaldi ma accorti, misurati.

«Cosa vuoi mangiare?» chiede quando ci sediamo al tavolo. Ha prenotato lui, io sono rimasta passiva fino in fondo; non ho intenzione di dare il mio contributo alla serata, anche se continuo a chiedermi perché abbia accettato di vederlo, se dev'essere così.

Non mangio molto, non lo faccio mai e anzi, ho notato che il mio corpo è più tonico, da quando ho smesso di bere. La tonicità mi inorgoglisce, è segno della mia battaglia e la indosso con onore.

Ordiniamo un antipasto di salumi, io poi vado giù di tagliata con rucola e scaglie di grana, lui prende un piatto di tagliatelle con i funghi porcini. Tutto questo non è molto veronese, ma rientra nel menù. La carta dei vini, invece, è la prima cosa a essere messa da parte.

Riccardo sembra più Riccardo: mi guarda sempre, fissa negli occhi, fa battute di spirito che mi strappano sorrisi sinceri. Per un momento dimentico Roma e mi rilasso.

«Che c'è?» domanda, al momento del dessert. Arriva il tiramisù, una porzione in coppa, due cucchiaini.

«Che c'è… cosa?».

«Mi è sembrato di vedere un accenno di disgelo».

Sbuffo. «Hai visto male».

Lui sorride, è il suo sorriso da micione, un po' soddisfatto e un po' saputello. «Sarà» concede, prima di continuare: «Sai, ci tengo davvero a scusarmi per quello che ti ho detto a Roma. È colpa mia, non reagisco bene quando mi sento giudicato».

E qui, mi arrendo.

Quant'è grande, il potere delle scuse al momento giusto!

Perché ho avuto paura di lui?

«Non volevo giudicarti» sono le parole che firmano la mia capitolazione. «Forse mi sono sentita solo… abbandonata. Sola». Faccio una pausa, gli permetto di infilarsi tra le mie parole ma lui, è chiaro, attende che finisca il discorso. «È vero, l'idea di bere mi fa paura. Mi fa paura pensare che dopo un bicchiere potrei non riuscire più a fermarmi». Esito, ma alla fine lo cerco con immancabile sincerità: «Era meno spaventoso, prima, perché pensavo fossi insieme a me».

«Lo ero» protesta lui. «Lo sono!».

Sospiro.

«Non a detta tua» dico, ed esce più tagliente del previsto, non so più come spiegarglielo.

Lui mi corregge: «Non come pensavi tu» dice. «Io ho scelto la vita che voglio vivere ed è una vita senza rinunce. O almeno, se devo rinunciare a qualcosa, non ho intenzione di farmi dominare dal timore ma pretendo che sia una mia decisione. A te sembra una cosa sana, vivere nella paura?».

Mi stringo nelle spalle.

«Al momento, però, mi mantiene sobria».

Sposto avanti e indietro il cucchiaino nel dolce, ne faccio poltiglia. È Riccardo che interrompe il mio gesto prendendomi la mano; la stringe nella sua e finalmente sento un battito, o la reminiscenza di un battito. Niente farfalle, però.

«Affidati alla volontà, per restare sobria» ribadisce. Quello che dice è giusto, vorrei potermi affidare alle sue parole ma non sono quelle, il problema. Il problema è come lui intende usarle, la giustificazione che c'è dietro.

Il contatto con la mia pelle si interrompe, Riccardo si alza per pagare il conto, insiste perché non faccia neanche il gesto di cacciare il portafoglio.

Usciamo dal ristorante e so che è tempo di tornare a casa, ma dopo aver visto questa briciola della persona che ricordo e a cui sono attaccata, il desiderio di cercarla è forte.

Vorrei poterti aiutare, penso, guardandolo a lungo. Lui se ne accorge e sorride.

«Mi sei mancata anche tu». Le sue parole… le sento molto vere.

Vorrei potergli rispondere la stessa cosa, ma temo che non apprezzerebbe ciò che di lui mi è mancato. Sorrido e Riccardo se lo fa bastare. Mi prende di nuovo la mano. «Ti va un giro?».

Mi prende in contropiede, la mia testa a questo non è pronta. Sfarfallo le palpebre e manifesto la mia confusione, il momento così morbido di poco prima mi scivola dalle spalle, che tornano a essere una lastra di marmo.

«Dove?».

«Con me, in macchina».

In macchina.

Valuto la situazione: siamo entrambi lucidi, perché dovrei avere paura di un giro in auto? Riccardo sembra di nuovo il mio Riccardo, quello che ha rispetto di un percorso fatto da entrambi. Mi sta guardando con aria interrogativa mentre prendo il mio tempo per rispondere alla sua proposta.

«In clinica mica ti prendevi queste pause!» mi prende in giro.

«Scemo che sei» borbotto. Prendo una bella boccata d'aria, grossa, e mentre cerco di dirgli di no lui già mi sta accompagnando alla portiera.

Lo ammetto, da parte mia non c'è resistenza. Potrei dire che sono stata obbligata, ma le gambe si sono mosse verso l'abitacolo e senza nessuna costrizione ho agganciato la cintura mentre Riccardo faceva il giro per mettersi al posto di guida.

«Dove andiamo?» è la domanda che mi corre sulle labbra, quando vedo l'auto dirigersi fuori città.

«Vorrei presentarti una coppia di amici».

Ahia. Questo non va bene. A stento volevo andare a cena, perché farsi coinvolgere in un'uscita a quattro?

Già immagino un tavolino, quattro cocktail, il pensiero dell'alcol vicino. Sento la mandibola contrarsi e distendersi quelle due, tre volte.

«Tranquilla, non berremo un goccio» comunica Riccardo, quasi leggendomi nel pensiero.

È questo, che mi è mancato di lui.

Sì, qualcosa da salvare c'è, penso.

Controllo l'orario: sono appena le undici.

«Per l'una, però, voglio stare a casa» specifico.

Riccardo preme il piede sull'acceleratore. «Allora ci conviene fare presto».

***

Il giro termina non lontanissimo. Siamo in uno spazio aperto poco fuori Verona, una specie di aria campeggio con un tavolino da pic-nic. Scendiamo dall'auto e troviamo un ragazzo e una ragazza ad accoglierci, gli amici di Riccardo. Si salutano, lei lo abbraccia e in me non c'è niente del moto di gelosia che mi ha dilaniata in clinica, quando lui ha dato attenzioni a Claudia. Forse perché ora capisco che quello era solo metà Riccardo e su questa metà, qui fuori, non ho giurisdizione.

«Era ora che ti facessi vivo!» gli dice lei.

«Tu devi essere Giada» mi si rivolge lui, distraendomi.

«Piacere» rispondo, tendo le labbra in un sorrisino forzato. Di colpo sono agitata, il cuore mi batte nel petto al ritmo dell'avvertimento.

Dove vuoi andare? Sei sola, fuori città, chi puoi chiamare?

Potrei chiamare i miei, ma penserebbero tutto ciò che non voglio pensino.

No, devo cavarmi da questo impiccio da sola.

Decido di tenere d'occhio l'orologio, guardarlo spesso e così, magari, mettere fretta a qualcuno. Ma loro sono così a proprio agio, fumano sigarette, me ne offrono una, nell'aria si spande l'odore dolciastro dell'erba.

«È quella legale!» si affretta a specificare l'amico di Riccardo. Biondino, slavato, insipido. Lei, invece – tutta placida ma dall'aria furba – quando sente la cazzata detta, scoppia in una fragorosa risata di scherno.

«Vuoi un tiro?».

A fronte dell'alcol, l'erba è un giocattolo per bambini. Non tanto diversa da una Marlboro rossa quando non sei abituato a fumare. *Un tiro posso concedermelo.*

Acconsento.

Servono altri tre tiri per allentare la morsa che mi stringe le spalle, per farmi sentire un po' più serena lì nel mezzo, fiduciosa di avere la situazione in pugno.

Capisco poi che i nostri compagni per la serata si chiamano Diego e Luciana. Diego ha una parlantina con cui è difficile gareggiare, in meno di un'ora mi ha raccontato di una vita spesa in viaggi. Parla con passione delle Canarie, dell'Australia, di quando a momenti non ci rimaneva secco in Thailandia per colpa di una brutta febbre; rolla spinelli alla velocità della luce e non sembra mai perdere la bussola, quasi lo invidio. Io fumo, sì, ma meno di loro, anche se respiro tutto quello che cacciano e, alla fine, sembro la più lercia di tutti. Mi cedono le gambe, lo stomaco mi si chiude e vorrei anche vomitare la buonissima tagliata, ma la nausea per fortuna rimane solo una sensazione, sostituita poi dalla fame.

Cazzo, che confusione.

Mi concentro su Luciana, che al contrario di Diego è molto calma, con le palpebre chiuse a mezz'asta e l'aria da ribelle. Non si direbbe ma lavora in banca, maneggia più soldi di quanti ne abbia per sé e quando sente che sono senza lavoro si offre anche di procurarmi un colloquio per un posto agli sportelli.

Sono lusingata.

«Non ho mai fatto niente del genere, però».

«C'è una sostituzione maternità. Non credo ci voglia una laurea per stare allo sportello. Tu fammi chiedere, comunque, che ci perdi?» domanda, retorica. Sento la bocca tendersi in maniera eccessiva, tira come tira tutta la mia faccia.

«Grazie» dico, a capo chino.

Riccardo, in tutta questa follia hippie, rimane bello lucido. Mi mette un braccio attorno alla vita e mi sorregge, le sue labbra si posano in maniera casta sulla mia tempia, un contatto che avverto così intimo e che per un momento mi scuote, stimola qualcosa di molto simile all'istinto di fuga.

«È tardi!» esclamo, la miglior battuta del Bianconiglio.

«Ti porto a casa». Lo dice come un principe azzurro. Se penso che il mio cuore ancora non sa se considerarlo amante o nemico, mi viene da ridere.

Saluto Luciana e Diego con trasporto e un corpo particolarmente pesante, striscio i piedi sul terreno fino all'auto.

«Sono simpatici, i tuoi amici».

«Hai visto? E manco volevi venire».

Colpevole.

Sfodero il migliore dei miei sorrisi, o almeno così credo, perché Riccardo mi ride in faccia. «Sei proprio sfattissima, Giada. Vieni, che ti porto a casa».

Una volta sotto il palazzo, Riccardo parcheggia e mi accompagna fin su, nell'appartamento. È strano vederlo in casa mia, eppure, si muove con inaspettata confidenza mentre accende le luci della sala, cammina per l'ambiente come se ci fosse sempre stato, con la sua solita, eterna padronanza di tutto.

Avere Riccardo nel mio territorio più intimo – un territorio al contempo amico e ostile – mi crea un certo disagio. È una sensazione che si mescola alla nausea e alla pesantezza. Anche le palpebre lo sono, pesanti.

«Non sei proprio abituata all'erba» vengo presa in giro.

«Ci mancava solo l'erba» sbiascico. «E comunque, era fortissima».

Lui ride, furbo. «Un po', sono semini che arrivano direttamente dall'Olanda. Questa varietà si chiama Elephant».

«Elefante» traduco. «È così che mi sento».

E poi, la consapevolezza mi abbatte del tutto: «Non posso andare a dormire, se mi addormento è finita» annuncio. «Domani devo andare da Maria».

Maria e la sua operazione. Maria che mi vuole pulita nella sua cazzo di esistenza.

Non posso deluderla, no.

Affondo sul divano con la testa tra le mani. Mi do due schiaffi.

Ripigliati, Giada, e che diamine!

«Riccardo».

«Che c'è?».

«Fai un caffè?».

Lui ride. «Pensi ti sarà sufficiente?».

«E dai, non mi prendere in giro».

Ho fatto una cosa stupida e ora devo capire come metterci una pezza.

«Ci penso io».

Tira fuori dalla tasca un rettangolino di plastica, sembrano quelle mollette che si usano per sigillare gli alimenti, è blu. Si avvicina al tavolo pulitissimo e sbatte lì il contenitore. Ne cade una polverina bianca.

«L'hai avuta in tasca tutto il tempo?».

Sono allibita e insieme troppo stanca per arrabbiarmi.

«Come vedi, però, torna utile».

«E secondo te ora che ci dovrei fare?» gli chiedo.

Il suo sguardo è eloquente.

«No!» esclamo.

Riccardo fa spallucce, estrae il portafoglio con la carta di credito, batte la coca sul tavolo fino a formarne due strisce. «Non devi pensare a quello che è, Giada. Pensa a quello che ti permette di fare ora che hai bisogno di una spinta».

«Per favore, manca solo che tiro e poi ci finisco io, in ospedale».

«Allora ti conviene scrivere a Maria e dirle che domani perderai il treno. Ma poi ti toccherà spiegarle anche il perché».

Non so come gestire i miei sentimenti. Deludere Maria è l'ultima cosa che voglio fare. Gli occhi mi pizzicano di qualche lacrima che vuole uscire e lo odio, mi odio. Sono costretta a un bivio.

Respiro.

«Perché lo fai?» domando a Riccardo.

«Voglio aiutarti» dice lui. Scuoto la testa.

«Intendo, perché tiri? Che sensazione ti dà?».

«Mi stai facendo fare terapia?».

Lui è sulla difensiva, il ritmo della carta di credito sul tavolo aumenta, sembra uno chef che sminuzza le verdure in pezzi piccolissimi.

Io sono sul divano, lo sento così soffice che voglio sprofondarci, rimanerci per sempre. «No, ho bisogno di capire» mormoro, anche se le parole mi si incollano l'una all'altra e per pronunciarle faccio una fatica enorme. «Ho bisogno di capire te».

Gli occhi di Riccardo mi cercano. Abbandona quello che sta facendo sul tavolo, viene a mettersi vicino a me. Sospira con fare paziente, rimane in silenzio, dubbioso.

«Dai» lo incoraggio. «Parlami».

È indeciso, si vede. Alla fine, però, cede: a me, al nostro rapporto che ha bisogno di chiarezza, sincerità, trasparenza, qualunque sia la direzione che prenderà.

«Non vorrei che tu pensassi a me come qualcuno che ha preso sottogamba il percorso alla Rinascita» premette. Attende qualche parola da me, ma non ho intenzione di interromperlo, un po' perché la mia testa non ce la fa, è troppo rallentata, e un po' perché voglio che si senta libero di esprimersi, come nella terapia di gruppo.

«Sono contento di me e di quello che faccio, mi ritengo una brava persona: genitori, lavoro, amici, una bella vita, non mi manca niente. A questo punto ti aspetteresti che ti dica qualcosa come "è solo che…", ma non è il mio caso. Mi piace la sensazione che mi dà la coca, mi fa sentire in linea con quello che penso di me. Ne ho abusato prima, è vero, ma è successo perché non ero arrivato a questo livello di autocoscienza» ammette. Poggia una mano sul mio ginocchio, stringe appena le dita per comunicarmi in silenzio che è in arrivo il punto cruciale del discorso. «Prima di arrivare alla Rinascita credevo che per essere all'altezza della mia vita dovessi essere qualcosa di più, e la coca mi aiutava a sentirmi… performante, degno. Adesso che ho capito, ora che so di essere degno di tutto quello che ho, è cambiato il significato di quella striscia. La domino io, adesso. La uso».

Aggrotto la fronte, qualcosa in questo discorso quadra alla perfezione, altri invece sono dettagli lacunosi che la mia mente indaga con una strana forma di apertura. Accetto il suo pensiero e non posso fare a meno di chiedermi se un giorno anche io potrò arrivare a vivere il vino allo stesso modo.

Riccardo si è aperto con me e lo rivedo, finalmente. Lui, la fiducia che si dà, la sicurezza di chi scommette su se stesso in modo costante. Alla Rinascita ci hanno insegnato che la nostra crescita va costruita tutti i giorni. Io ho paura anche del minimo errore e per una volta, una sola, desidero essere forte e sicura come vedo lui. Desidero capirlo, nel modo più sincero e profondo.

Sul tavolo, le due piccole strisce bianche sembrano guardarci con tentatrice irriverenza.

«Cosa pensi che potrebbe succedermi, se lo faccio?» è la mia domanda.

Riccardo sorride. «Non saresti niente più di quel che sei, ma troveresti la forza di fare tutto quello che vuoi».

Maria, l'operazione, Riccardo, la comprensione.

Tutto sembra spingermi verso il dannato tavolo.

«Dammi qua».

CAPITOLO XVI

Caduta libera

Lunedì sera.

Maria dorme nella sua stanza d'ospedale, è una figura luminosa anche nel sonno, sono riuscita a sbirciare. L'operazione è andata più che bene, benissimo, e seppur provata dall'intervento manifesta un'incrollabile fiducia riguardo al futuro.

Un futuro in cui ha deciso di non includermi.

Non vuole parlarmi, ed è tutta colpa mia.

Chi sembra aver preso il mio posto, avanti e indietro per i corridoi, è Paolo. Responsabile, posato, sobrio. Quando non mi ha vista arrivare, Maria ha chiamato lui. Lui ha parlato con Jenny e ha convenuto fosse il caso di assistere la nostra amica. Si sta occupando anche di me, mi ha raccolta in sala d'attesa come si fa con la carta stropicciata, quando provi a stenderla con le mani per vedere cosa c'è scritto. Non ha letto belle parole.

Lo so, è tutto un po' confuso. Io sono un po' confusa, qui, nella caffetteria dell'ospedale, con Paolo.

«Tanto, per oggi le visite sono finite» dice mentre mi mette davanti una tazza di tisana.

«E questa cos'è?» protesto.

«Devi bere molti liquidi. Per favore, non fare storie» dice, al suo solito modo placato. Sembra inamovibile, dunque obbedisco. Paolo prende posto di fronte a me e mi fissa, mi fissa con la sua aria da santo impeccabile e la cosa mi stizzisce.

Guardata dall'alto in basso, come un insetto, è il pensiero ostile che mi balena nella testa.

«Hai mangiato qualcosa, oggi?».

«Non ho fame».

«Qualcosa devi mangiare. Prima smaltisci la sbornia, prima puoi parlare con Maria».

Alzo la testa di scatto. «Guarda che non è come pensi tu» sibilo, rabbiosa.

«È come ti ho trovata».

«Non hai capito niente, ti assicuro».

Lui mi guarda con quella che sembra pazienza infinita.

«E allora aiutami a capire» dice soltanto, le braccia che si allargano e ricadono sui fianchi in un disarmante segno di resa.

Mi sento in colpa. Ma così in colpa che se qualcuno, ad oggi, mi indicasse come l'unica colpevole del riscaldamento globale, non proverei nemmeno a negare.

Colpa. Rabbia. Colpa. Rabbia.

Quest'altalena mi sta uccidendo.

Voglio scendere dalla giostra.

«Ehi». Paolo si allunga verso di me, scuotendomi con delicatezza per una spalla. «Puoi dirmi tutto».

«Lo so» mormoro.

Che dirti, Paolo. Cercherò di andare con ordine.

***

Devo ammetterlo, la botta non l'ho sentita.

Quando ho rialzato la testa dal tavolo, a casa mia, ho avvertito solo un gran torpore alle narici. Ho premuto la punta del naso tra le dita giusto per accertarmi che fosse ancora lì, con gli occhi poi ho cercato Riccardo.

«Be'?».

«Be' cosa?».

«Tutto qui?».

Lui si è abbassato, ha tirato la sua striscia con un movimento netto della testa, come fanno le macchine da scrivere quando finisce il rigo e ne inizia uno nuovo. Mi è venuto da sorridere, ma non credo di averlo fatto. Al suo silenzio, la mia voglia di capire è aumentata: «Non mi sento diversa» ho insistito.

Riccardo ci è mancato poco che mi ridesse in faccia.

«Guarda che la coca non cambia chi sei, semmai lo porta a galla!» mi ha detto.

«Come sei profondo!» l'ho preso in giro.

«Un filosofo stupefacente!» ha ribattuto lui.

Ora che ci penso, non era una gran battuta. Filosofo, stupefacente; insomma, c'è poco da sganasciarsi. Lì per lì però mi è sembrata la cosa giusta per cui ridere e l'ho fatto, a crepapelle, fino a sentire l'addome contratto come un cartoccio.

Ho sempre pensato che tirare coca fosse come una siringa di adrenalina dritta in petto, un effetto quasi miracoloso come accade a Uma Thurman in *Pulp fiction*, quando sta per rimanerci sotto per aver pippato eroina e viene salvata all'ultimo istante.

Non c'è stato nessun ultimo istante, per me, né mi è sembrato che il tempo scorresse in maniera diversa. C'eravamo io e Riccardo, e tutto continuava a presentarsi esattamente come cinque minuti prima, a eccezione del fatto che il sorriso di lui sembrava improvvisamente contagioso. Non è qualcosa su cui ragioni al momento, sono riflessioni di adesso, pezzi che si incastrano mentre racconto.

«Non ci vedo niente di fantastico, comunque» ho ribadito, nel caso non fossi stata chiara.

Riccardo ha fatto spallucce, come un maestro zen che attende con pazienza la ragione. «Mi dici una cosa?» ha chiesto. Gli ho fatto cenno di continuare.

«Cosa siamo noi?».

Proprio adesso, devi chiedermelo. Mi sono morsa la lingua.

«Non ne ho idea» è stata la mia risposta, sincera e netta. Mi sono fatta forza, ho navigato tra pensieri improvvisamente più affilati e l'ho fatto seguendo l'esigenza delle mie gambe, che sentivo di dover mettere in moto. Avanti e indietro per la stanza, sguardo fisso al suolo, come se le parole giuste fossero tutte lì.

«Alla Rinascita condividevamo qualcosa che credo si sia perso e che cerco in ogni modo di ritrovare. Il modo che hai di portarmi con te nelle tue esperienze di vita mi ha trascinato verso una Giada che vorrei conservare per sempre. Se non ci fossi stato tu non so se avrei avuto la spinta per affrontare il percorso in maniera presente, così com'è stato. È nato tutto da uno spirito di contraddizione, e forse… forse è questo che sei, per me, Riccardo. Una contraddizione».

Lui non mi ha interrotta né si è mosso per venirmi incontro. È tornato sul divano, si è seduto, ha ascoltato con quella che mi è parsa partecipazione. Forse il suo cervello andava a una velocità a me sconosciuta, la stessa con cui la sua gamba ha iniziato a tremolare, il tallone su e giù sulle mattonelle. Un ritmo che a me è apparso folle, ma a cui ho provato ad adeguarmi, stranamente riuscendoci.

«E non è possibile che sia un completamento?» è stata la domanda successiva.

La mia lingua si è rivelata essere più veloce del cervello: «No».

«Ahia».

Mi sono fermata, pochi secondi prima di tornare a camminare, sempre avanti e indietro, un po' come fanno i pazzi, ora che ci penso. «Completarsi vuol dire essere finiti, aver preso tutto lo spazio che si poteva prendere. È una parola al sapore del 'per sempre', ma io questo non posso dirlo di me, di te o di noi. Allo stato in cui siamo, parlare di completezza è puro ottimismo».

«Ti sbagli».

Riccardo mi ha guardata, senza nascondere la ferita che gli ho recato. Si è alzato, venendomi incontro, ha cercato il mio viso da prendere tra le mani, non gliel'ho negato, anzi: ho coperto le sue dita con le mie mani. Il tatto mi ha restituito un'emozione diversa, rispetto a Roma. Era come se sentissi ogni sua cellula formicolare ed esplodere sotto la mia pelle.

Per un attimo mi è mancato il respiro, poco prima di scoprire che ne volevo ancora.

Contraddizione, no?

«Permettimi allora un atto estremamente ottimista» ha sussurrato Riccardo, prima di chinarsi sulla mia bocca e prenderla del tutto in un bacio nuovo: presente, avido, totalizzante. Diverso da quello che c'è stato alla

Rinascita, diverso dal pupazzo che mi sembrava di toccare a Roma.

Perché non te ne vai?

Perché mi sono permessa di cedere alle mie contraddizioni, quelle che pur non desiderando Riccardo nel mio futuro, nel presente mi tenevano lì, a volere che mi toccasse.

Che ne sapevo, Paolo, che il cuore potesse battere così veloce? Eccola, l'adrenalina, Uma Thurman, la botta. È esplosa mentre mi aggrappavo alle spalle di Riccardo e per poco non gli strappavo la maglia di dosso, mentre la sua pelle acquistava un nuovo profumo, una scia segreta che potevo riconoscere soltanto io.

Ero nel suo mondo, una realtà aumentata fatta di molecole in esplosione. Le micce eravamo noi, al duecento percento del nostro essere.

Mi sono riscoperta vorace e passionale, il sesso è stata un'esperienza che si è consumata come la fame dopo il digiuno.

Ora che ne parliamo, Paolo, posso svelarti un segreto: in quel tumulto del sentire, ho scoperto un'altra grande differenza tra desiderare il piacere e desiderare qualcuno.

Posso dirti che, a Roma, Riccardo non desiderava me più di quanto io non desiderassi lui in quel momento, a casa mia. Abbiamo corso verso l'orgasmo vicini ma non insieme. Ci siamo tenuti compagnia senza dedicarci l'uno all'altra.

A Roma non potevo capirlo, questo. A Roma lui correva da solo.

Non sono un'esperta d'amore, ma il principio di base consiste nel donarsi a qualcuno. Invece, Riccardo e io siamo stati come due belve capaci solo di prendere e prendersi.

La coca porta a galla chi sei.

Mi sono scoperta profondamente egoista, e più di una volta.

È stato solo dopo, sfatta sul letto eppure ancora carica come una molla, che ho scoperto un'altra grande alterazione, quella del tempo.

Alla fine, era passato in maniera diversa. Ho preso sottogamba l'intera questione.

«Sono nella merda!» ho esclamato, quando finalmente ho guardato la finestra, il sole che filtrava dai buchi nelle persiane.

L'orologio segnava un orario improponibile: le dieci del mattino.

Non sarei mai arrivata in tempo da Maria.

Saltata giù dal letto, non mi sono preoccupata neanche di darmi un tono, sistemare i capelli o lavarmi i denti. Nella mia mente ero ancora perfetta, la Giada semplice ma decisa che era uscita a cena con Riccardo. Niente era cambiato a parte la mia convinzione di poter dilatare il tempo, stirarlo come si fa con la pasta di casa per poter arrivare da Maria e vederla, darle il sostegno di cui aveva bisogno.

Ti aveva già chiamato, Paolo?

«Ma che fai?».

«Corro! Devo andare da Maria!»

Ci vorranno ore, ma posso farcela. Posso aggiustare le cose.

«Vuoi che ti dia un pass...».

«Non dirlo nemmeno, Riccardo, non è cosa».

È uscito fuori come un latrato. Volevo un colpevole e volevo che fosse lui. L'alternativa è tutt'ora fin troppo deprimente.

Avrei voluto chiamare qualcuno, ma chi? Quando sei un alcolista, tu lo sai, la gente che ti resta vicino è una cerchia molto ristretta; se racconti loro che stai per deludere l'ennesima persona perché dovevi capire com'è pippare la coca, quel cerchio rischia di polverizzarsi.

Perdere la fiducia dei miei era fuori discussione. Dovevo cavarmela da sola.

Ho lasciato Riccardo a casa, certa di non volerlo vedere mai più, ma con me ho portato le chiavi della sua auto.

Posso solo immaginare quale sia stata la sua faccia, quando scendendo di casa non l'ha trovata. Ha chiamato e chiamato il mio numero fino a scaricare quel poco di batteria che era rimasto, Paolo.

Ho premuto il piede sull'acceleratore com'è successo quando ho distrutto la mia macchina. Ma l'urgenza alla base dei miei atti è stata molto diversa: non ho corso per cercare la libertà, mi sono sentita libera di correre. Ero parte dell'auto, accelerata in prima persona, padrona della strada e di chi era intorno a me. Sapevo che sarei arrivata in tempo.

Così, ovviamente, non è stato. Maria era già in sala operatoria, quando in ospedale sono riuscita a parlare con un medico. Il dottore mi ha guardata con rimprovero e mi ha detto di aspettare. Tu ancora non c'eri. Chissà dov'eri, se ignaro alla Rinascita o di fretta dentro il treno.

Se avessi saputo che eri in arrivo, Paolo, forse non mi sarei lasciata andare quando la nostra amica, dopo essersi svegliata, ha dichiarato di non volermi vedere.

L'infermiera non mi ha fatto neanche arrivare sulla soglia della stanza.

Avevo creduto, come una stupida, che la mia gloriosa presenza avrebbe risolto tutto; che vedendomi, Maria avrebbe capito quali peripezie avevo dovuto superare, per stare con lei.

E invece ho visto soltanto la sua schiena. Non ha emesso un fiato.

Che dovevo fare, aspettare che mi cacciassero?

Non potevo permetterlo: ho dominato il mio carattere, sono stata bravissima.

Sono uscita fuori a fumare una sigaretta.

Le passerà, ho pensato. *Devo solo aspettare che si riprenda, ora non è lucida.*

Si sa, l'anestesia totale è un po' come sballarsi. Forse Maria mi era più vicina di quanto potessi pensare.

L'attesa, però, mi ha resa inquieta. Non ho mai amato aspettare, specialmente se si tratta di qualcosa in grado di cambiare il mio destino, in questo caso come punto di riferimento, amica, confidente.

Ho preso a camminare lungo il perimetro dell'ospedale. Lo sai, qui vicino c'è un mini-market, si chiama Il doppio turno.

Sono entrata con l'intenzione di fare a Maria un cesto di viveri, quelle cose che si portano ai degenti in ospedale: acqua, biscotti, frutta. Ma poi ho ricordato che non è saggio regalare da mangiare a chi è dipendente dal cibo e ha appena affrontato un intervento di riduzione dello stomaco. Forse, questa è una cosa che farebbe Riccardo. L'ho immaginato imboccare Maria al suono di: dai, puoi dominare la tua dipendenza.

Ma chi si crede di essere.

Non lo so ancora chi si crede di essere Riccardo. Forse, qualcuno che ce l'ha fatta. Qualcuno che ha trovato un equilibrio con i suoi demoni.

Io così non sarò mai.

In una sola sera ho mandato a puttane tutto ciò per cui ho lavorato mesi: le mie promesse, le mie amicizie.

La coca porta a galla chi sei. Ero lì, nel market, e mi sono sentita improvvisamente così nuda, e fragile. Questa sono io senza armature, così ha detto Jenny, non c'è un segreto per dire di no.

Tutta questa fragilità, amico mio, non la sopporto. Non sopporto di essere così esposta, con i miei fallimenti che mi guardano, mi giudicano.

Non è stato l'alcol, a riempirsi il cervello di fumo, non è stato l'alcol che mi ha sporcato il naso di bianco. Non è stato l'alcol a farmi perdere la ragione. Tutto questo casino l'ho fatto io, da sobria.

Mi sono illusa che smettere di bere mi avrebbe reso una persona diversa.

Lo capisci, ora, perché ho avuto bisogno di leggerezza?

Non si è trattato neanche di una questione di sete: stringere le dita attorno al collo della bottiglia è stato un grido d'aiuto.

Ma ora lo so, lo riconosco: non è l'aiuto di cui ho bisogno.

CAPITOLO XVII

Rinascere

«E così, hai rubato l'auto di Riccardo».

«…già».

«Nessuna denuncia all'orizzonte, però».

«Be', avrebbe dovuto spiegare come ci sono arrivata, a rubargli la macchina».

«Sei stata fortunata».

«Lo so».

«E Maria?».

«È ancora arrabbiata, ma ci sto lavorando».

«E come?».

«Sono qui, no?».

Jenny ha cambiato di nuovo la disposizione delle piante nello studio, ha aggiunto qualche attestato nuovo alle pareti e probabilmente le ha pure rinfrescate con una mano di pittura, o forse è sono io che vedo in modo tutto nuovo.

La psicologa non si è dimostrata sorpresa quando l'ho chiamata per prendere appuntamento, anzi, ho avuto l'impressione che ne fosse addirittura contenta, come se mi stesse aspettando. Nel vedermi ha sorriso in un modo che non so se definire complice o accondiscendente; mi ha fatta accomodare e ha atteso che mi sfogassi del tutto, che le raccontassi cos'è successo nella mia vita da quando ho lasciato la Rinascita. Come sempre, però, ignoro cos'è che le passa per la testa mentre prende appunti al ritmo delle mie parole.

Per rientrare nella sua vita, ho promesso a Maria di non nascondermi più: completa trasparenza, niente più segreti. Avrei voluto aggiungere "niente più cazzate", ma la mia amica mi ha bloccata prima che potessi parlare: «Non promettere ciò che non sai di poter mantenere» così ha detto. «Va' da Jenny, riprendi il percorso senza riserve».

E così, eccomi qui. Di nuovo. C'era un filosofo, non ricordo chi, però, che parlava dell'eterno ritorno dell'uguale. Non conosco il significato profondo di questa frase, ma in un certo senso credo mi sia affine. È tutto un cerchio, ricomincio esattamente da dove sono partita. Lo dico a Jenny.

«Perdonami, ma non credo sia il tuo caso» mi fa presente la psicologa.

«Perché mai?» le domando.

«Sei venuta qui da sola, la prima volta, pensando che ti potessimo… aggiustare, che la terapia fosse un po' come portare l'auto dal meccanico. Quando hai scoperto che così non era, sei rimasta. La prima volta hai imparato a conoscere te stessa, ora sei qui perché, conoscendoti, hai imparato a chiedere aiuto».

Sento lo stomaco stretto in una morsa. «Sì, ma troppo tardi» sussurro.

Jenny si stringe nelle spalle. «Giada, credi di essere qui soltanto per Maria?» domanda Jenny, un po' a bruciapelo.

«Be', no. In parte… non lo so».

«Ricordi cos'è che ci siamo dette riguardo al perdono?».

«Che getta le basi per il futuro».

«Benissimo». Jenny sorride, muove piano la testa in un cenno affermativo, e… rimane in silenzio. Il più completo silenzio.

«…e?» la incalzo.

«Dovresti dirmelo tu. Non capisci?».

Zitta, agito la testa.

No, Jenny, non capisco.

«Maria ha voluto fortemente che tu tornassi qui. Volere che riprendessi il percorso è il modo che la tua amica ha di garantirti il futuro; lei lo sa già, di averti perdonata. Quella che deve assolversi sei proprio tu».

E così, torniamo a parlare di assoluzione.

«Credevo di essermi perdonata» mormoro. «Credevo davvero che avrei potuto intraprendere una vita diversa».

Chino la testa, la prendo tra le mani, arriccio le dita tra i capelli. Tutta la pesantezza delle mie azioni mi cade addosso e la sento pesante e distruttiva come una frana.

«Hai già intrapreso una vita diversa» dice Jenny con tono dolce. «La vita è piena di brutte cadute, Giada, quelle non ti mancheranno mai. Ciò che cambia è il modo diverso con cui ti rialzi. Torni qui sostenuta dalla fiducia di chi sa che sei più forte di quel che credi. Se sei qui, oggi, è perché chi ti ha visto inciampare sa anche di cosa sei capace quando rimani salda sulle tue gambe. Alza la testa, guardami».

Jenny parla con una dolcezza nuova. Obbedirle mi costa fatica, ma lo faccio, e allora forse un po' capisco cosa mi sta dicendo.

Combattere contro i mostri non è mai una partita lineare. Arriveranno sempre il dubbio, la sete, le fragilità. Arriverà il momento in cui avrò la sensazione che tutto mi scivoli dalle mani. E forse la lezione è proprio in questi momenti, la lezione è nell'errore stesso: sbagliando si impara, sì, ma soltanto se non smetti di provare.

«Sei pronta, Giada?».

«Adesso sì».

«Parliamo un po', allora. Dimmi cosa stai provando adesso».

Non c'è resistenza: mi apro al futuro.

RINGRAZIAMENTI

Un ringraziamento immenso è destinato ai miei genitori e a mia sorella, per avermi supportato in ciò che è stato il mio percorso di Rinascita. Non saprei dove sarei, ora, se non avessi avuto appoggio e amore da parte loro.
La mia gratitudine va anche a Other Souls e a Ida, la mia mentor letteraria, che mi ha appoggiata fin dall'inizio di questo viaggio, un'esperienza unica e molto significativa che ha reso possibile la pubblicazione del mio primo libro.

SOMMARIO

SOMMARIO

www.ingramcontent.com/pod-product-compliance
Lightning Source LLC
Chambersburg PA
CBHW020327160726
47992CB00004B/1730